オーラの発表会

綿矢りさ

集英社文庫

オーラの発表会

今この瞬間も知らぬうちに呼吸して瞬(まばた)きして、身体(からだ)じゅうどこも痛くならずに座っていられるのは、ものすごい奇跡だ。でも奇跡な分、少しでも均衡が崩れたら脆(もろ)く壊れてしまう危険が、いつだって皮膚の表面にへばりついている。思わず自分の身体を抱きかかえたまま暗がりへ逃げ込みたくなる。

外に出ると奇跡はもっと増える。道路をひっきりなしに走っているたくさんの車に一度も轢(ひ)かれたことが無いのがまず奇跡だし、空から飛行機やヘリコプターや隕石(いんせき)や死んだ鳥が落ちてこないのも、こんなにたくさんの人間がいる世の中で誰かに刺されないのも奇跡だ。

普段は〝なぜ自分はいまの今まで無事に生き長らえてこられたのだろう〟という疑問は頭の底に押し隠して、私は生きていて当然の人間なのだと納得してごく普通に過ごしている。たとえば空からヘリコプターの回転翼の音が響いてきても、落ちてくるかもと心配して家の屋根の下へそっと隠れたりはせずに、空を仰いで太陽の眩(まぶ)しさに目を細め、広い空では蠅くらいに見えるへりの行く先を、ぼんやり眺めてみたりする。
しかし夜になり一度寝床に入って目を閉じてしまうと、自分が生きている不思議、こんな奇跡がいつまでも続くわけがない、明日には死ぬんじゃないかと気が気でなくなる。

まぶたの裏側。完全な闇のようでいて凝視すると薄明るくて、いくつもの光の筋が上から下へあるいは右から左へ、血管内の細胞みたいに移動している。筋をより細かく観察しようとしても、それはもっとも目玉の近くで、むしろ角膜に密着しているのに、いやだからこそ、ぼやけてよく見えなくて、端に消えて諦めた途端また現れる。筋を追っていくうちに、目に力が入って、焦点がずれて左目と右目の黒目の位置が全然あべこべの方向へ離れていきそうで気持ち悪い。黒目がずれてそのまま裏側にぐるりと回ってしまいそう、視神経が切れて失明したらどうしよう。急いで目を開ける。

まぶたの裏の光の筋を追いかけすぎると失明する。

このなんの根拠もない自分で編み出した迷信に子どもの頃の自分はひどく怯え、眠るのが恐く、あわてて目を開ける夜は何度もあった。

周りの人間がよく口にする将来の不安や対人関係の心配は自分には無いものの、こうした迷信じみた、神経質な身体的不安は時折私の精神を圧迫した。何かに影響されるでもなく、恐怖はある日突然芽生える。普段何気なくやっていることが急にできなくなったらどうしよう、とぞっとして動けなくなる。何かが飛んできても反射的に手で払いのけられなくなったらどうしよう、目に向かって何か飛んできても瞬きできなかったらどうしよう、自分の呼吸のリズムを完全に忘れてしまったらどうしよう。

同じような症状の人が他にもいるかもしれないと調べたところ、過呼吸という息が上手(じょうず)にできなくなって苦しくなるという心因性の可能性がある症状が見つかった。しかし私の場合、過呼吸ほど切実に息苦しくなったことは無いし、日常生活において大きなストレスを感じる出来事は無かった。ふと思い出した瞬間にうまく息ができなくなるだけだった。

ただ、きっかけはよく覚えていて、生物の授業で反射について習ったときだった。光が差し込んだときの瞬きや危ないものが飛んできて身の危険を感じたとき、ぱっとすぐ手が出るのも、反射だと習った。そのなかでも、たとえ意識が無くなっても生命維持のために繰り返される呼吸というのは、本当に不思議だな、とノートに書かれた自分の文字を見ながら感心した途端、なぜか不安が胸に降ってきたのだった。

症候群や病気ではなく、下手(へた)なおまじないに自分からかかりにいっているような状況だとうすうす気づいていた。小学校低学年の頃に、横断歩道の白線から足がはみ出たら〝ドボン〟で今日は悪いことが起きる、など自分でルールを決めたくせに、まるで神からの啓示のように教えを守り、慎重に足を動かしていた時期があったが、感覚があれと似ていた。

小学生の頃に読書感想文を書く宿題が出て、母に薦められた海外小説を探しだし読んでみたら、冒頭でひどい鼻炎の人の邸宅に強盗が押し入り、叫ばないように口を粘着テープで覆われる話だった。鼻炎の人はひどい鼻づまりで呼吸できず窒息死してしまう。窒息死が嫌なのはもちろん当たり前だが、強盗は特に殺す気までは無かったはずなのに、自らの鼻汁のせいで死んでしまう状況が恐ろしい。その読書体験は、風邪などで鼻がつまる度に私を憂鬱にさせた。個人的には鼻汁は極度の緊張や衝撃を身体が受けた際には、急に引いた経験があるのだけども、しかし鼻汁の出具合を完全にコントロールできるかと問われればできないわけで、死因になる可能性もある。

うんと小さな子どもの頃はなにも考えずに上掛け布団の暖かみさえ感じたら眠れていたのに、ずいぶんとややこしい人間になってしまった。明日は死ぬと確信したり、呼吸さえちゃんとできなくなるとは。これがいわゆる思春期の症状か、そうだ、身体も心も急激に成長するせいでバランスの崩れやすい時期だから仕方ない、と無理やり自分を納得させてきたが、同じ思春期であるはずのクラスメイトとは話がかみ合わなかった。

彼女たちは放課後、私の机を囲んでそれぞれの恋愛話を披露した。片思いの者も、もう少しで両思いという者もいて、胸を手で押さえて好きな人の面影を語ったり、友達の思わぬ告白に声を上げて驚きはしゃいだりする彼女らを私は眺めていたが、ふいに順番が回ってきた。

「ねえ、海松子ちゃんも何か悩み無いの？　聞いてるばっかりでずるいじゃん、私たちにも話してよ」

　私は口を開いたが語るべき言葉が何一つ見つからなかった。期待を込めてこちらを見つめている澄んだ六つの目には、切なくファンシーな熱い思いを互いに共有したいという欲望がありありと見てとれた。期待に応えたかったが私には彼女たちのような青春の宝箱ともいうべき、瞬間瞬間の激烈な恋愛感情は何一つ浮かんでこない。でも私という人間に何も無いわけではない。私にもあなたたちと同じように、眠れぬ夜がある。

「突然呼吸が止まったらどうしようと、考え始めると恐いですね」

　六つの目の温度が急激に冷め、一人がため息をついた。

「ほら、話を逸らした、言いたくないんだね。海松子ちゃん、そういうとこあるよね。みんな、初恋も失恋も打ち明けてるのに海松子ちゃんだけ秘密なんてずるい」

「そういうのも、ぶりっこの一つだと思うよ」

「好きな人はいるのに噂されたくないから、隠してるんでしょう。もしかして私たちのこと信頼してない？」

　彼女たちには私がふてぶてしく見えているのかもしれないが、私にとっては彼女たちの方が、自分より何倍も強い人間に見えた。

多分彼女たちは、クリアしているのだ。私が抱えている反射とか鼻汁の問題は、彼女たちにとっては些末な出来事であり、心の隅の方へ押しやっているか、またはまったく悩んでいないかで、だからこそ今の生活をより良く・楽しく・面白く充実してどきどきさせてくれる恋愛へ、邁進できるのだ。

結局中学を卒業するまで私が彼女たちと分かり合える機会は一度も無かった。

しかし高校生になったある日、同じクラスの女子が一人、私に近づいてきて、その娘のあまりの特異さに圧倒された私は、世の中には本当に色んな人間がいると彼女のおかげで知ることになる。

*

大学入学と同時に一人暮らしを始めます、と突然宣言したのは私ではなく両親だった。家の最寄駅から各停で四駅、急行で一駅の距離にある大学に通うのになぜ一人暮らしを始めなければいけないか分からなかったが、合格通知書が家に届くと同時に、両親は不動産情報の紙を私に渡した。紙には大学から徒歩一分の距離にある女性専用アパートの一室の間取り図が印刷されていた。

「私たちも海松子ちゃんと離れるのはとても辛いけど、お父さんと相談した結果、あなたは大学入学と同時に一人暮らしを始めることになりました。期間ですが、少なくとも大学生の間は、鷲尾さんが大家さんをしてるアパートに住み続けてもらいます」

私の志望大学合格を喜んだのも束の間、あらかじめ台詞まで決めていたとしか思えない手際のよさで、淡々と私の一人暮らしの説明を始めた母に、私はただ頷くしかなかった。父と旧い仲の大家の鷲尾さんは、いつも茶色いベストを着ている初老の男性で、自宅の隣の敷地にアパートを所有しているのは、私も知っていた。居間の絨毯の上に正座していた私は、昇進と同時に転勤が決まり、辞令を受けているサラリーマンと状況が似ていた。父も事の成り行きに異論は無いのか、ダイニングテーブルの椅子に座り、神妙な面持ちで母の言葉を聞いていた。

「ずっと一緒だったのに、いきなりこんなことを言われて驚いているでしょうね。でもこれも親心の一つだと分かってほしいの」

母は不安げな目つきで私を見つめて口を閉じ、私の言葉を待っていた。が、なんと言ったらいいのか分からず、私はとりあえず渡された間取り図をつぶさに眺めた。

「二〇一号室、１ＤＫ。月七万五千円、管理費込み。キッチンにはガスコンロが二口、ユニットバス。一人暮らしには申し分ない部屋ですね」

「そうね、簡素だけど清潔な良い部屋だったから、ここに決めさせてもらったわ。もちろん家賃や生活費はこちらで出すから、もしアルバイトなど始めても、お給料は海松子ちゃんの好きなように使っていいのよ。引っ越しも私たちが業者を手配して、荷ほどきやらも手伝うから、海松子ちゃんは荷造りだけしてくれればいいわ」

「なに、実家と一人暮らしのアパートはすぐ近くだから暇なときは遊びに来ればいい。遊びに来る分にはいくら来てもらってもかまわんよ。なあ母さん」

父は指紋のついた眼鏡（めがね）の奥から私に微笑（ほほえ）みかけ、彼の言葉に母は「まあ、あまりしょっちゅうだと一人暮らしの意味が無くなるから、週に一、二回なら大丈夫よ」と答えた。知らなかったけど、大学生になったら一人暮らしをした方が良い、というのがうちの教育方針なのだろうか。じゃないと、実家からたった四駅、九分で着く大学に行くためにわざわざ一人暮らしの部屋を借りることの説明がつかない。とにかく間取り図を、コピーの印刷がつぶれて読みにくくなっている小さすぎる字まで熟読してみる。

「エレベーターは無し、ペット不可。私が住むのは三階建てのアパートの二階の部屋、東南向き、角部屋。間取りもなかなか良い部屋ですね、地図を見るに、大学へはわずか一分で行けるようだし」

「でしょう、お母さんもお父さんも頑張って不動産屋さんを回って、よくよく吟味（ぎんみ）してここに決めたのよ。もちろん内見もした。新築ではないけど状態は綺麗（きれい）だし、鷲尾さんが親身に面倒見てくれそうなの。海松子ちゃんも気に入ると思うわ」

両親はいつから物件探しを開始していたのだろう。受験勉強に集中していたせいか、ちっとも気づかなかった。

どうやら私の一人暮らしは結構前からの決定事項で、いま逆らったところで覆される気配は無さそうだ。もうすぐに出て行かなければならないと思うと、急速にうちの全てに愛着がわいた。祖父母から受け継いだ物に加えて、古い家具や調度が細々（こまごま）配されたこの二階建ての家で、私は一人娘としてなんの不自由も無く暮らしてきた。一般家庭に残存しているのがめずらしい古い柱時計も、赤い革張りの肘掛け椅子も、すずらんの花の形をした古風なシャンデリアも、小窓があり風通しの良い細長い台所も、二階へと続くゆるやかで少し暗い階段も、日本の歴史の研究書がぎっしり詰まった天井までの書棚がいくつもある父の書斎も、幼い頃から慣れ親しんできたが、もう毎日は見られなくなる。

私は自分の部屋がある辺りの天井を見上げた。

「私の部屋はどうなりますか」

「もちろん海松子が住んでいたときのままにしておくよ。正月も、春休みも夏休みも冬休みも、いつでも帰りたいときに帰ってきて、いくらでも泊まっていけばいい。いや、いくらでも、は言いすぎたかな。とはいえ私も母さんも、お前を応援する気持ちはいままでとなんら変わりないからね」

私はなぜ一人暮らしを始めることになったのですか？

喉まで出かかっているが、聞きたいのに聞けない。いままで何かを言う前に迷った経験はほとんど無いので、自分自身に戸惑った。

大きな荷物をあらかた引っ越し屋さんに運んでもらったあと、細々した荷物を自分でまとめて、実家を出た。手荷物だけだし大丈夫だろうと思っていたけど、荷物の量に対して手元に残っている鞄が小さく、母が急きょ大風呂敷で上手に包んで差し出してくれた。海老茶色のこんもりした風呂敷が、旅立つでござんす、という雰囲気を強調しているようだ。毎年この季節になると、花粉症の父は目をとろんと赤く充血させ、湿らせた布のマスクをつけて猫背気味になり、くしゃみを何連発もかます。その様を見る度に私もなんだか鼻の奥がむずむずして、ついに今春花粉症デビューか、と身構えるのだけど、鼻も目も炎症を起こすほどではなく、悪くない状態を保っている。その日も目が赤かったので、私を見送りに来た父に「本日飛散している花粉の量が多そうなので、もう家に戻った方が良いですよ」と声をかけたら、「アレルギーで泣いているわけではないよ」と父が笑いながら返答した。

新しいアパートでは、庭にある桜の花びらが大量に吹き込んで、二階の外廊下に散っていた。点々と、まるで小さな豚の足跡のように。この前母とまだ桜が咲き始めの頃に下見でここへ訪れたときの、母と鷲尾さんとの会話を思い出した。

「まあ、立派な桜の木」

「あれは私がここで大家をする前から庭にあってね、絶対に伐っちゃいけないっていう条件で私どもも契約したんですよ」

母はその場では笑っていたが、うちに帰ると〝あの桜の木、ずいぶん古くて大きくて、明らかに邪魔な場所に生えているのに、なぜ伐らないのかしら。下に何か埋まっているとか、あるのかしら〟と父に相談していた。大丈夫だろう、きっと古くからあるからご神木のような存在なんだよと父は答えた。

実家の扉に比べて、一人暮らしのアパートの青緑色のドアは驚くほど軽かった。ドアに直接郵便受けがついている。

部屋は狭いといえば狭いが、本当にこれで全部なんですね、と引っ越し屋さんに念を押されたほど量が少なかった私の荷物は、押入れのなかに十分収まっている。実家を出て親許を離れたことによる解放感と自由の喜びを胸の内に探したが、どこにも見つからない。私はこの小さな城の主として相応しい生活ができるか、という緊張だけが身体を支配した。まるで他人の家に招ばれて、家主がお茶を用意しているのを待っているように、座布団に座ったまましばらく動けなかった。

＊

合格した大学は難易度で言えば並の並だが、評判の良い教育学部があり、将来父と同じ教職を目指す私にとってはなんの不足もない。父のように大学教授とまではいかずとも、中学校や高校で教鞭(きょうべん)を執ればと希望している。

とはいえ教育学部のある大学など山ほどある。第一志望にした決め手は、幼少の頃から家族で大学祭に訪れて、自然多きキャンパスのこぢんまりとした穏やかな雰囲気に好感を持っていたからだった。

ただでさえ実家から近かったのに、超至近物件に越したため、アパートを出て三十二歩歩けば大学の正門にたどり着く。アパートの自室にいる間も大学のキャンパスの喧騒(けんそう)や、グラウンドでの運動クラブのかけ声が聞こえて、大学内に住んでいるようだ。

木曜日の日本書紀の大教室に着いた私は、すり鉢状になっている広い教室内を一番下から眺めて、まね師(し)を探した。

やはり、もう来ている。中央列の最後部座席に友達と座ってなにやら楽しそうに話している。まね師と彼女と同じクラスの友人たちは、早めにやってきてほぼ毎度あの辺りの席に陣取っていた。

私が階段を上って彼女たちに近づいてゆくと、話し声は急に止(や)み、まね師は私を視界に入れないようにするためか、手鏡を持ってそっぽを向いた。

「こんにちは。今日もお早いですね。先週の課題は無事終わりましたか」

鏡を見ながらまつ毛にマスカラを塗っていたまね師は、私の声を聞くと肩をそびやかせて私を見上げた。

「もう、なに!? おどかさないでよ。どうせ用事は何も無いんでしょ。授業のたんびに、いちいち声かけなくていいから」

まね師の周りにいる他の数名の女子たちが、笑い声を上げた。

「追っ払うにしても言い方きつすぎでしょ、萌音(もね)。かわいそー」

「だって、うっとうしいんだもん、いつも呼んでもないのに、遠くからでも私を見つけてきて、ストーカーみたい。もう声かけんなよ」

また笑いが起きて、私はその場を離れた。高校のときは授業の前もあともべったりと、放課後まで共に過ごしたのに、大学生になった途端週一の授業前でさえしゃべれなくなるのは、変な話だ。

前の方の席に座り、机に筆記用具を出していると、まね師と友達の大きな笑い声が響いてきた。まね師のいるグループは皆ほぼ同一の髪型・髪色で、服装もそっくり、話し声が大きいので、大教室でも見つけやすい。

かつて通っていた高校から徒歩圏内にある大学なので、進学する者も多くなりそうなものだが、近くには他にも多くの大学が存在する都会ゆえ、同じ大学へ入った同級生はごくわずかだった。まね師とは偶然にも進学先が一緒で、学部は違えど同じキャンパスに通っているし、日本書紀の授業は彼女とかぶっているから、ぜひ引き続き変わらぬ友情を維持したかった。しかしそう思っているのは私だけのようで、キャンパス内でまね師を見かけて声をかけようとしてもすごい早足で逃げられるし、連絡先にメッセージを送っても拒否されている。喧嘩した記憶はない。理由はまったく分からない。

授業が終わり筆記用具を鞄にしまっていると、同じクラスのあぶらとり神が小さく手を振りながら近づいてきた。

「片井さーん、久しぶり。ちょっと聞きたいんだけど、二十八日の土曜日にあるクラス飲みは来れそう？」

「来週の土曜日に、Ｒ２クラスの飲み会があるんですか」

「あ、伝わってなかった？　ごめんごめん、クラスの人見かけたら伝えといてーみたいなテキトーな感じで広めたから、行き渡ってなかったみたいだね。うん、ゴールデンウィークが始まる前にまたみんなで飲もって話になったんだよ、二十八日の土曜の六時からね。片井さん、予定はどう？」

「何もないので大丈夫です。行きますよ」

「良かったー、あとで詳細送るね。この前の飲み会ではごめんね、みんな酔って騒いじゃって。マッスモとかやたら片井さんにからんでたでしょ」

　入学してすぐの四月初旬に、大学近くの海鮮レストラン『ひょうたん』で、R2クラスの親睦会があった。うちの大学では学生の各々が必修科目以外は割と自由に、受ける授業を選べるので、同じクラスといっても、高校のように毎日同じ教室に集まり共に過ごすわけではない。だけどアイウエオ順で編成されたこのクラスは大学四年生になり各々が選んだゼミに入るまで続くので、自然と連帯感が生まれていた。

　親睦会では私は未成年なので酒を口にしなかったが、こっそり飲んでいる人間も多く、そのなかでも隣に座っていた増本(ますもと)くんは堂々とチューハイを口にしながら私にやたら話しかけてきたのだった。

「そうですね。増本くんにはよく話しかけられました」

「びっくりしたでしょ。でもあいつ見た目は丸刈りでちょっと恐いけど、あれで結構気を遣うタイプだから、片井さんがなじめるようにいっぱい話しかけたんだと思う」

　私の正面の椅子に座ったあぶらとり神は満面の笑みを見せた。

「そうですか。それはありがたい話ですね。ところで滝澤(たきざわ)さん、今日は学生食堂にいらっしゃいましたか？」

「うん！　みんなと行った。めぐるんとか、りなっちとか、あと途中からマッスモも来たなぁ。片井さんも今度一緒にどう？」

「はい、私も食堂にはよく行くので、よろしくお願いします。ところで、滝澤さんは本日、八宝菜定食を食べましたか？」

「え、やば。なんで分かったの、もしかして片井さんも今日食堂にいた？」

「いえ、口から漂ってくる匂いで分かりました。食堂の八宝菜は三百八十円といえど調味料が本格的なので、食べたあとはスパイスの匂いがしますね。あと微量ですがニンニクも入っていて、鼻先に意識を集中すれば見抜けます」

　あぶらとり神は口を押さえたまま、もたれかかっていた椅子の背からのけぞり、五十センチほど私から離れた。

「あんかけ丼を食べたあとの口臭と似ているので少し迷いますが、独特のオイスターソースの匂いは八宝菜定食には無いので、そこで判別がつきますね」

「ごめんなさい、気づかなくて。臭いのに、なんかいっぱい……しゃべっちゃって」

「いえいえ、まったく臭くはないですよ。私も学生食堂が大好きで、昼食はほぼ毎回あちらで取ってるんです、だからメニューにも詳しくて。八宝菜定食、美味しいですよね。安いのに手抜きじゃなく、ちゃんとうずらの玉子が三つほど入ってるのがありがたい」

「……うん」

「良かった。皆さんが学食の何を召し上がったのかを当てる能力を磨きたいと思っていたので、良い勉強になりました。あ、滝澤さんの左上の犬歯と小臼歯の間に詰まっているチンゲン菜も重要なヒントになりましたよ」

あぶらとり神は口元を手で隠すとなにも言わずに席を立ち、小走りで大教室の後方のドアを開けて出ていった。歯に詰まったチンゲン菜を、取りに行くのだろうか。私は鏡付きの楊枝入れを持っているから、言ってくれれば貸したのに。京都の学会から帰ってきたとき父がくれたお土産で、ちりめん地に橙色の菊と梅の柄が入ったケースだ。

「口の匂いで食べたものを当てられたところでうれしい人なんかいないし、そこから話が広がることも無いんだって。大学生にもなって、まだそんなことも分からないの？」

後ろから声がして振り向くと、机と机の間にまね師が立って、こちらを見下ろしていた。

「あんたは口臭から食べたメニューを当てて得意だったかもしれないけど、言われた方は〝私ずっと口臭いって思われてたんだ〟ってショック受けるだけだよ」

「さっきの話を聞いてたんですね。滝澤さんご本人にも先ほど直接言いましたが、彼女の口臭は何も問題にしていません。私はただ彼女も学食に行ったのなら、私たち二人の共通点はそこだと思い、話が盛り上がればうれしいなと期待して水を向けただけです」

「で、結果盛り上がるどころか相手が逃げていったでしょ。それが全てだよ。口臭から昼ご飯を当てられてうれしい人なんか一人もいない。女子ならなおさら」

「残念です。特技にしようと思ってたんですが」

「悪趣味、最悪。あんた高校のときも、散々しでかしてたもんね。私がフォローしてたから、嫌われずに済んでたけど」

まね師に助けてもらった記憶は一切無かった。つまり、物事の見方に相違があったのだろうか。

「もうあんたに憧れる要素なんか一つも無い」

まね師の声が大きくなったので、まだ席に座っていた学生の何人かが彼女の方に振り向いた。

「私、今年の学祭でミスキャンに出るから。書類審査に合格して候補に選ばれたんだよ。あんたの落ちぶれようとはすごく差が開いたね。家用の眼鏡のまま大学来るとか何？服だってひどすぎ、なんでいつも同じ上下なの」

「木曜はこの服装で大学に来ると決めてますから」

「あはは、ださすぎ。海松子って制服でだいぶ得してたんだね」

まね師が大口を開けて笑い、私は嗅覚を研ぎ澄ました。

「……本日の日替わりメニュー、シーフードカレー」

「だから当てんなって！」

「すみません。萌音もなんだか高校のときとだいぶ変わりましたね」

「こっちが素なんだよ。あんたとはもうぶりっこしては付き合ってられない。鈍すぎるから疲れて、肩が凝るの」

「なるほどそういうことでしたか。でしたら今の騒々しい態度のままで結構です。私も萌音が何を考えているかがリアルタイムではっきり理解できる現在の方が、付き合いやすい気がします」

まね師は荒い動作で机から鞄を摑んだ。

「次の授業があるし、私、もう行くから」

「そうですか。私はしばらくここで待っています。滝澤さんが戻ってくるかもしれないので」

「戻るわけないだろ馬鹿」

まね師が去ったあとも私は教室で待ち続けたが、彼女の言った通り、あぶらとり神はいくら待っても戻ってこなかった。

＊

家から大学までの距離が近すぎる故、帰り道にどこかへ寄るという行動をしたければ、アパートのお隣さんの家の門を叩くしかないのだが、あいにくご近所づきあいは無いため遠回りしてスーパーへ行く。メモしておいた「3分クッキング」の材料を買い揃えると帰宅し、十五分かかって「新じゃがと鶏肉の蜂蜜味噌炒め」を作った。どれだけスピーディーにと意識しても、いつも三分では無理で、テレビと同じようにやっているのになと首をひねる。食べ終わると、録画しておいた今日の「3分クッキング」を見て、材料をメモした。テキストを購読しているので材料は分かっているが、テレビ画面を見ながら迅速にメモを取る作業が好きで、明日作るときの予習にもなるから習慣にしている。そして明日も学校帰りにスーパーへ寄る。献立をわざわざ毎日考えなくて済むのがとても楽だ。

実家に居た頃、料理は母に任せきりで、包丁も握ったことが無かったから、一人暮らしが決定して急きょ母に基本を教えてもらい、切り方や炒め方などの基礎に時間を費やした。だけど揚げ物に火が通ったあとに起こる油のぱちぱちの音の変化などは、耳を澄ませても未だ分からない。最後の味の調え方も、自分で汁をなめても甘すぎるのか、からすぎるのか、何が足りないかはさっぱり分からないため、分量は「3分クッキング」のレシピを忠実に守る。

母は現代の料理よりも江戸時代の料理を作るのが好きな人で、江戸料理の再現レシピが載った本や、和田はつ子著の料理人季蔵捕物控シリーズを参考にして、私たちの食卓に約三百年前の料理を並べていた。庶民の食事と殿さまの御膳では、同じ時代でも献立の内容がまるで違うのもおもしろかった。時代料理はよほど料理上手でないと手が出せないと思うので、私はまだ挑戦していない。

洗濯機を回し、風呂に入って明日の準備をしたあとには何もすることが思い浮かばず、とりあえずテレビを点けてみるが、放送されている内容に興味が持てない。実家の居間が恋しくなる。いつかは、また両親と生活できるのだろうか。

座布団の近くに自分の長い髪の毛が落ちているのに気づき、充電していたコードレス掃除機で吸い込み、ついでに床も掃除した。台所を合わせても三十平米ほどだから、すぐに終わる。録画していたテレビ体操で、筋肉ほぐしと肩周りほぐしとラジオ体操第一をピアノ伴奏で終えたあと、布団を敷いて床に入った。まだ午後九時だ、早すぎるけど仕方ない。

〝借りてきた猫のようにおとなしい〟と言うが（大体猫を貸す状況などあり得るのだろうか？　と不思議に思い以前調べたら、昔はねずみを獲ってもらうために猫を貸し借りしたらしい）我が家は、借りてきた部屋のように静かだ。実際賃貸の部屋なのだから、その通りなのだが、なにかひっそりとこちらの出方を横目で窺いながら部屋がじっと黙っている、そんな静けさを感じる。

＊

大学の授業に出たあと、最寄駅から三駅先にあるアルバイト先の学習塾へ出勤したら、職員室のデスクにいた塾長に呼ばれた。

「片井先生、三年生の山野(やまの)くんに、つばを飛ばしたというのは本当ですか」

スーツの襟に名前のバッジをつけようとしていた私は、塾長の言葉に動揺し、人差し指を軽く針で突いてしまった。

「今日、朝一番に保護者が連絡してきましたよ。〝まさかとは思いますが、本人に事実確認いたします〟と返事しましたが、まさか本当に起こっていたとは」

もともとは山野くんが他のクラスメイトにつばを飛ばしていたから、私が注意したのだった。〝ブーッてやるのはやめなさい〟と叱ったときに、私の口内が潤っていたせいか、ブーッのところで私のつばが山野くんの顔面に多量に降り注いだ。彼は泣きながら顔を洗いに走ったが、戻ってきたときにはなんとも無さそうな表情をしていたので、とりあえず一度謝ったあとはもう大丈夫かと思っていた。しかしやはり気にしていて両親に話したのだろう。

「山野くんのつば飛ばしの癖はご両親も気にされていて、する度に注意していたそうですが、昨晩また注意すると〝片井先生のは、もっとすごかったよ！〟と言い返された、と。片井先生とは誰だと尋ねると、塾の担任だと言うし、つばをかけられたのかと聞いたら、そうだよと言って、ものすごい量を飛ばして実演して見せたとか。山野くんはけらけら笑って面白がっていたそうですが、ご両親が事態を重くみて、こちらに連絡を入れたとのことです」

塾長は彼がストレスを感じたときによくやる、顔の下半分をめがけて目と鼻が全部寄り集まってくるしかめ面になった。

「一体なにやってんですか、あんた。不衛生な上、体罰を疑われてもしょうがないですよ」

「すみません、不注意でした。やり返すつもりは無かったのですが、なんか結構飛んでしまい、山野くんには迷惑をかけました。ご両親にお詫びいたします」

「一体どうしたらそんな事故が起こるっていうんだ。とりあえず、故意ではないのですね？」

「はい。指導するときにつばを飲み込み忘れてしまい、その結果です」

「きったないなぁ。分かった、とりあえずは私から山野くんのご両親に伝えておくよ。あとは相手の出方次第で、あなたに直接謝ってもらうかを決める」

結局、塾長の話を聞いた山野くんのご両親は、先に山野くんがつば飛ばしをした事実もあるので、特に問題にするつもりはない、と返答し、私は謝りに行かなくて済んだ。

この塾のアルバイトに申し込む際に、面接と筆記の他に、模擬授業の試験があった。たった五分ほどだったが私は渡されたテキスト通りに、面接官たちの前で淡々と授業を進めた。そのときの評価が良かったらしく、合格すると地域的にも中学受験の生徒が多い、いまの教室に配属された。初めて出勤した日は塾長も満面の笑みで私を歓待した。

「君は模擬授業でも冷静に進められたそうだね。緊張で上手くしゃべれない志望者も多いなか、とても頼もしい。うちは君みたいな、即戦力になる人材が前から欲しかった」

しかし勤め始めてすぐ、受け持った授業のうち、中学二年生の特進クラスの塾生たちが「片井先生の授業はつまらなすぎる」とクーデターを起こし、時期外れの担任替え。小学六年生の標準クラスではなめられたのか学級崩壊を起こした。こちらも担任替えが行われ、ゆくゆくは受験生クラスの担任にという話題が塾長の口から出て来なくなり、気がつけば小学校低学年のクラスばかり任されるようになった。

「片井先生は知らないうちに生徒を挑発してるんですよ。思春期の子たちは自分たちが馬鹿にされることに敏感です。あなたにそのつもりは無いかもしれないが、答えを間違えても仏頂面で正解を教えるだけでは、最近の若い子はメンタルが弱いので、すぐくじけてしまうんです。理路整然とした授業ができるのは分かったから、今度はもう少し愛のある授業ができるようになって下さい。相手は子どもなんだから、笑顔を見せて、ときにはジョークも交えて」

　塾長からそう指導を受けて自分なりにやってみたものの、事態は改善されず、私は授業のシフトを組みづらい、お荷物塾講師になり果てている。小学生の、年齢一けた台の生徒たちからは可も無く不可も無く、割と受け入れられているので、そちらを担当する割合が増えた。笑顔やジョークが無くても、幼い彼らは他に気になることが山ほどあるようで、矢継ぎ早の質問に丁寧に答えていたら、慕って膝に乗ってきたりするようになった。

　だから安心していたものの、山野くんの件で小三の受け持ちまでもできなくなれば、いよいよ辞めさせられるかもしれない。この塾では全ての学年において生徒数が多い。したがって授業のコマ数も半端なくあるので、できるだけ少ない塾講師の数で、たくさんのコマを分担するのが最重要となる。全学年、全教科対応可能なオールマイティの塾講師が求められるなかで、生徒から嫌われていて受け持てる授業が少ない人間は、まず最初に排斥される。

　辞めろと言われれば辞めるしかないし、また新しいアルバイト先を探せばいいのだが、将来中学か高校の教師を目指している人間としては、仕事内容に不適合でクビになると、将来の進路についても自信が持てなくなる。

　その日最後の小三の理科〈太陽の動き〉の授業が終わり、帰り支度を済ませて塾の外へ出たら、親が迎えに来てちょうど帰るところだった小三生何人かと出くわした。

「せんせー、さよならー」

すっかり日が暮れて真っ暗な夜道で、生徒たちが保護者に手を引かれながら私にもう片方の手を振ってくる。まだ幼いのに、みんな夜遅くまで勉強するのは感心だ。

「はい、さよなら」

私の少し前を歩く久保井(くぼい)さんと彼女の母親との会話が聞こえてきた。

「お母さん、今日のアイスの種類教えて？」

「んー、なにかな。ことちゃんは、なんだと思う？」

「わたしはね、ソフトクリームだとおもう」

ふざけて固まり、だんごになって道路を走っている男子は大声で〝うそつくソーセージ、うそつくパイナポー♪〟と、謎の歌を何度もくり返し歌っていた。

彼らの楽しそうにはしゃぐ姿や、無邪気な言葉が今日の私を支えている。学校が終わってもさらに勉強している彼らの放課後を、少しでも無駄にしたくないし、勉学だけではない楽しい時間も過ごしてもらいたい。

＊

日本書紀の授業で、本日も恒例のまね師への挨拶を済ませようと彼女を探していたら、姿は無く、代わりに彼女の友人の一人と目が合い、手を振られた。

「萌音の友達の片井さん、だよね？　やっと来た、探してたの！　ちょっと話できるかな」

「いいですよ。授業が始まるまでなら」

私がいつも座っている前方の席まで移動すると、立ち上がった彼女たちが首や腕に巻きつけたリボンやプリーツの細かいスカートの裾を揺らしながら近づいてきた。教壇の真ん前のため人気がなく、常にがら空きの前列席の私の周りを、彼女たちがぐるりと取り囲む。

「片井さんって萌音の高校のときからの友達？　ねえねえ、あのコ、どんなんだった？」

「どんなだったかと言われましても、当時も今と似たようなものでしたが」

「今ね、萌音がネットにアップしたミスキャンのエントリーシートが、炎上してすごい騒ぎなの。前々回の優勝者のプロフィールほとんどパクって、髪型から化粧まで似せてたのがバレたから！」

「片井さん、もう見た？」

見ていませんと答えると、一人がスマホの画面を私に差し出す。別人のように麗しい容姿でうつっているまね師の顔写真が載っていた。

「ミスキャンだけじゃなく、どうやら前科もたくさんあるってのも発覚したの。このミスキャンのプロフィールページには応援コメントを誰でも載せれる欄があるんだけど、写真と一緒に萌音の本名とか年齢が出ちゃったから、いままで真似されてきた被害者とかが文句ばっかり書き込んでて。〃コイツまだ人真似してんのか最低〃とか〃すぐバレる嘘をつくタイプの子〃とか〃友達の男を取る天才〃〃中高とめっちゃ嫌われてたコだよ〃とか悪口でコメント欄が埋まっちゃってるの」

「私たち、たまたまクラスが一緒で萌音がやたら寄ってくるから仕方なくつるんでたんだけど、今回の件で色んな人から萌音のこと聞かれるようになって、ほんと迷惑してるんだ」

薄い赤茶色に染めた髪を肩の後ろに払いながら、その女子は口をとがらせた。

「このような騒ぎが起きているとは存じませんでした。ところで、本日、萌音はどこにいるのでしょうか？　もうすぐ授業が始まるのに、姿が見えませんが」

「三日前にプロフィール欄が炎上してから学校来てないよ。そりゃ来れないよね、ミスキャンどころか今までの悪行が大学中に広まったんだから」

「うちらびっくりしたんだけど〃うわ、分かるー〃とも思ったんだ。萌音とは入学したときから友達だけど、新しく買ったバッグを翌日にあの子にも買われたり、髪型もそっくりにされたりして、初めはおもしろがって、むしろみんなでおそろアイテムにしてなかよしアピールしよーってノリだったんだけど、途中からなんか違うっていうか……あざとくセンスをパクるんだよね、あの子」

友人の一人が眉根を寄せながら語ると、もう一人の友人が激しく頷いた。

「うん、友達だから真似したいって感じじゃない。良いとこは盗んでやれって感じで、あざとい」

「私がリップの色を替えたときも、唇をじいっと見つめてたの！　ポーチのなかまで横目で見てきてさ、翌日まったく同じ色を買って自慢してた。よく似た色がいっぱい発売されてるシリーズなのに、なんで品番までぴったり当てられたのか、いまでもよく分かんない」

「なっつんが知らないうちに、ポーチのなかをいじってたんじゃね？　で、リップの品番確かめて元に戻した」

「やだ、キモ！　あいつがさわったってことなら、もう私、捨てたいんだけど！」

「前々回の優勝者のプロフィールのパクり方も露骨すぎっていうか、なんで今までバレなかったのか不思議なくらい。趣味とか特技とか、アピールポイント、みんなに向けてのメッセージも一緒！　趣味はクラシックバレエですなんて意識高いこと書いてあったけど、あの子がバレエの話してるのなんて聞いたことない。話盛りすぎでしょ！」

「雑だよね、すべてが。なんであんなことしたんだろ」

「絶対優勝したかったんでしょ」

「無理だよね。みんな嘘つきな上クソブスとか書いてるもん。ミスキャン予選当日は自撮りと違って加工できないし、結果は見えてるよね」

「まだ出場取り消しはしてないんだから、しぶといよね。一体どの面下げてミスキャン出るんだろ」

彼女たちはさざ波のように笑い、その笑顔も声のトーンも私には全員のがまったく同じに聞こえた。全員声質は違うものの、しゃべり方を同じにしたらここまで似るのかと驚くくらいだった。

「書き込みの情報にあったんだけど、萌音って人の彼氏取るって噂が、高校時代に流れてたって本当?」

彼氏、とはたとえば七光殿(ななひかりどの)を指すのだろうか？　だとすれば、取られるもなにも、そもそも私の彼氏ではなかったから、取っていないのだが、そんな噂が当時流れたらしいのは知っていた。

どう答えようか迷っていると、萌音の友人一同は一斉に喚声をあげた。

「やっぱり噂本当だったんだ。あいつヤバすぎ！」

「萌音ってほんとありえない。私も彼氏取られないようにしなきゃ。あいつと取りあうなんて絶対ヤだ」

　いや、そうではなく、むしろ七光殿とはどう関われば良いのか分からずに、いたずらに時を重ねていた私の方に非があった。

「私、もうカレを萌音に紹介しちゃった！　ロックオンされてるかな」

「まなみんの彼氏、かっこいいから危険かも！　いままではなんとか我慢してグループに居させてあげてたけど、もう限界でしょ！」

　教授が教室に入ってくると、まね師の友人一同は会話を続けながら後方の彼女たちの席に戻っていった。彼女たちの後ろ姿は、ふわふわした乳白色の色調のピンクや水色や黄色の洋服を着ているせいか、固まって歩くと、移動するわたあめに見えた。となると、脳内でのあだ名は〝わたあめシスターズ〟で決まりだろうか。まね師も前回の授業まであの集団に溶け込み、授業中に声をひそめて笑ったり、勉強しているふりをするお互いを携帯の写真に収めたりしていた。

「双子コーデして、華厳の滝の前で、同じポーズで一緒に写真撮ろ！」

　高校一年生のサマーキャンプで栃木県日光市へ行くと決まったとき、それまでしゃべったこともないのに、そう話しかけてきて同じ班になったのが、まね師だった。

「海松子ちゃんってほんとに綺麗だね！　何食べてたらそんな風になれるの？　ミルち

ゃんを見てると清潔感と透明感って大事だなとすごく思うよ。可愛い子や明るい子はいっぱいいるけど、凛としてて制服を着こなしてるのって、いまこの学校でミルちゃんだけだよ」

同じクラスという接点しか無かった彼女だったが、私のことはすでによく知っていて、班が同じになると決まった翌日から私とまったく同じ編み込みの髪型にしてきた。

年一回のサマーキャンプは普段制服の私たちが私服で活動できる数少ない機会で、母は一ヶ月くらい前から張り切って、どのような組み合わせで私の洋服を買おうかと、百貨店や地元の繁華街に並ぶ小売店を回っていた。双子コーデなるものは、髪型や洋服、鞄から靴に至るまでをそっくりに揃えるとのことだったので、私は母の買ってきた洋服や装飾品のブランド名や品番を控えてまね師に伝えようとしたが、

『詳しく教えてくれなくても大丈夫。買ったもの全部身につけたあとに写真送ってくれたら解析するから』

指示通りの画像を送ると、キャンプ当日、まね師は見事に私と同じ格好で現れた。まね師は画像を拡大して見るだけで、どの洋服がどの店で売られているか分かるそうだ。靴と靴下は店が違ったが、形も色も本当によく似たものを探し出していた。髪型も、私とそっくりの眉までの長さの前髪に切り揃えていた。

日光東照宮の見学中、私とまね師はクラスメイトや通りすがりの人に驚かれ「ほん

とにまるっきり同じ格好だね、すごい」と声をかけられた。その度にまね師はニッコリと笑って私と腕を組み「双子のちっちゃい方でーす」と挨拶をした。自由行動の際に話しかけてきた他クラスの男子たちはなかなか私たちから離れず「え、言うほど小さくなくない？　ちょうど良いよ可愛い」とまね師につきまとい続けた。その男子二人とまね師が自由行動で共にお土産を買いに行くというので、私が甘味処でところてんを食べながら待っていると、同じグループでありながら別々に行動していたクラスメイトらが近寄ってきた。

「見てたよ、大変だったね。萌音、友達ほっぽってナンパについていてくなんて信じられない。小さいアピールも。ただのちんちくりんのくせに」

男子たちの元から帰って来たまね師が、

「もう、男子が話しかけてきすぎて、嫌なんだけど！　やっぱ双子コーデ、目立つね。しかもみんな私にばっかり声かけてくるし。やっぱ私の方が海松子よりチビだから話しかけやすいのかな。可愛いとか言われて反応見られて、すぐからかわれるし、ほんと最悪」

「ただのちんちくりんだからって、気に病む必要はないですよ」

まね師は静かになり、それから私たちは誰にも邪魔されず無事華厳の滝の前で写真を撮った。

あのときの写真は写真立てに入れて机の上に飾ってある。私にとってまね師は、生まれて初めてできた、親しい友達だ。彼女は私に強い関心を示して近づき、私個人のことについて根掘り葉掘り聞いてきた最初の人間で、彼女の干渉が私にはうれしかった。私は一人の人間に興味を抱いたり、関心を持ち続けたり、長きにわたって観察したり、心情を推察・把握するのは苦手で、する気も起こらなかったから、彼女の情熱が一体どこから来るのか不思議でさえあった。

高校生のときに私の真似に心血を注いでいたまね師の後ろ姿を見て、背格好もまるで違うし同じ制服を着ているというだけなのに、母が私と信じきって声をかけたくらい彼女の擬態は本物だった。当時同級生に「昨日、○○にいたよね？」などと心当たりのない場所で目撃されること数回。最終的には同級生の方も理解が進み、私がなにか言う前に「ああ、萌音ちゃんの方ね」と自動的に頷くようになった。授業が終わると高校から家に直帰していた私と違い、萌音は放課後も制服のままよく遊んだ。私とそっくりの人間が、私が部屋で掃除をしているときも、風呂に入っているときも、繁華街で羽を伸ばしていると想像すると、なんだか感慨深いものがあった。

あんなに遊んでいたのに地頭が良いのか、彼女が私と同じ大学を受けて合格となったとき、クラスの女子数人に「大学まで粘着されるなんてかわいそう！　ほんとにキモチ悪いよね」と同情されたが、私はまた一緒の学生生活が送れるとむしろ心強い気持ちさえ沸き起こったものだった。

わたあめシスターズはネットで初めて知ったために新鮮に驚いていたが、高校からまね師を知っている身としては、いまさらだ。まね師はいつもこの問題で周りの女子ともめていた。

人のものを取る。のではなく、完璧にコピーする。そんな人物を警戒しない人間がいるだろうか、いや、いない。まね師のコピー能力はほとんど才能だと私は思うのに、当の彼女が盗人根性丸出しのびくびくこそこそした様子で、ちょっとずつ他人に成りすましてゆくから、気づいた人は恐ろしくなり糾弾するのだろう。彼女たちは、まね師を人の気持ちが分からない怪物のように言っていたが、私には彼女がいつも何かに怯えている子にしか見えなかった。

私たちはうまくいっていたはずだ。なぜまね師は以前のようにつきまとうどころか、私を避けているのだろうか。

*

土曜日、朝から天気が良いので窓辺に布団を干した。ベランダがないので、窓から布団をべろりと出して干すしかなく、昼には布団を反対向きにして、陽の当たっている側と当たっていない側を入れ替える予定だ。食器を洗い終わり、洗濯物を干し、さっき拭いたテーブルの表面からは除菌剤のアルコールの匂いがしている。

時計を見るとまだ八時、大きな二つの目玉が描かれたゲイラカイトを携帯用の筒のケースごと取り出すと、背負って自転車を飛ばした。

凧（たこ）を揚げると気分が良いと知ったのは、大学生になってからだ。ある日むしょうに凧を揚げてみたくなり、でも凧揚げって糸を持つ自分の他にもう一人、飛び立つ前の凧を持って待機してくれる人がいないと成立しないしなと、遊ぶのは基本一人の私はあきらめていた。しかし最近の凧は昔より浮力が向上し、風の強い場所なら一人で揚げられると知り、以来凧揚げが趣味になった。

車通りの激しい大きな鉄橋を越えて河原（かわら）に着くと、すでに二、三の凧が大空高く舞い上がっている。揚げているのはいつものメンバーの老人男性たちで、彼らは朝のとても早いうちから来ている。早朝に一番良い強い風が吹くと知っているからだ。

お気に入りの小高い丘の上にポジションを取り、さっそく凧を取り出す。骨組みを取りつけるだけで、風を摑み浮き始めた凧は、手を離すと容易に上昇した。私の凧に気づいた他の凧揚げ中のおじいさんたちがこちらを振り返り、お互い会釈を交わす。

糸を手繰る手袋をはめた手に摩擦を起こしながら、どんどん天に引っ張られていく凧は、ピンと糸を伸ばしきったあと、ほとんど点ぐらいの大きさになって空を飛ぶ。自分の気分もぐっと浮き立つ。

帰宅後、朝飯として、魚調理のグリルが無いのでフライパンにアルミホイルを敷いて焼いたししゃもと、納豆汁を作って食べた。ぬか床のきゅうりもちょうど良い漬かり具合になっていたので、おやつ代わりにかじる。ベランダ、グリル等この家には無い設備が多いので、不満もあるが、都心にほど近いこのエリアでは、贅沢を言えば家賃もどんどん吊り上がってゆく。時折大家さんが野菜や果物をおすそ分けしてくれたり、女性専用アパートで比較的治安が良いことを考慮すれば、恵まれている方と言えるかもしれない。

ドアの郵便受けを開けると、スーパーやケータリングのチラシ、なんでも屋の連絡先が書いてあるマグネットなどが雑然と突っ込まれていた。マグネットだけ分別したあと、すべてゴミ袋に入れて、部屋の屑籠も空けたあと、今日は可燃ゴミの日なのでゴミ捨て場に持っていった。

もうやることが無くなった。暇だ。床に座ってテーブルに肘をつき、掛け時計の秒針が刻む音だけを聞いている。大学入学以来、私の携帯は両親以外の着信を受けていない。高校時代はまね師が細々とメッセージをくれたものだが。高校では昼休みはもちろん、十分休憩も常にまね師と行動していたが、大学入学と同時に彼女から一切連絡が来なくなり、私からのメッセージも無視だ。

そのうちあぶらとり神から、もしくはクラスの他の誰かから連絡が来るかもと思いつつ、テーブルに置いたスマホを気にしながら、アイロン掛けをしたり予習をしたり料理人季蔵捕物控シリーズを読んだりしていると、夕方が過ぎ夜になった。六時からと言っていたから、もう始まっているだろう。場所さえ分かれば行けるが、学生向けの居酒屋がひしめいているこの界隈(かいわい)を、一軒一軒あたっていては夜が明けてしまう。午後九時を過ぎてからはさすがに期待はしなくなり、なにも家で電話の見張り番をしていなくとも、散歩に出かけたり多摩川で凧揚げをしながら待っていれば良かった、と気づいた。

夜になってようやく自分は結構クラスの飲み会に行きたかったのかもしれない、と気づいた。肌触りの良い麻と綿の混紡生地のパジャマを着て、静かな部屋に布団を敷いて眠れるのは確かに喜びだが、同じ年頃の人間とひとところに集まってそれなりに騒ぐのも、心の栄養になるのだろう。

まね師の指摘通り、私はあぶらとり神を傷つけてしまったのだろうか。

あぶらとり神は非常に親切な人だ。普通は大学で同じクラスといっても、顔見知り程度の仲にしかならないが、あぶらとり神が積極的にまんべんなくクラスの皆に声をかけて場を温めたため、親しみやすい雰囲気になった。入学式後の教室で、一同簡単な自己紹介を済ませただけなのに、翌日には全員の名前を覚えていたらしい様子も、あぶらとり神のカリスマ性に拍車をかけた。

　ある日、漢詩の授業時間中、私より前の席に座ったあぶらとり神が、テキストで隠しながらこっそりと、あぶらとり紙で額の脂を拭いている様子を、後ろから私は見ていた。彼女は薄茶色で大判のあぶらとり紙を、鼻の上や目の下など、顔面に余すところなくつっけた。作業が終わると、脂を吸ったせいで見事に半透明になっている紙を、窓辺に座っている利を生かして、陽に透かしていた。陽を浴びた彼女は目を細め、その姿は神々しくさえあった。

　あのときから私は彼女を頭のなかで、あぶらとり神と呼んでいる。

　口臭から昼ご飯何食べたか当てるゲームが、受けないとは想定外だった。さすがに世に出回っている無数の料理から何を食べたか推測するのは難しいが、大学の食堂ではメニューが限られているため推理が可能ではないか、と考え始めたのがきっかけで思いついたゲームだった。

　正確に当てるために食堂の全メニューを網羅すべく、新しいメニューを頼む度に自分の息を嗅いで訓練を積んだのに。

　大学の食堂は多くの学生が毎日利用し、昼はトレイを持った学生の列が長く続いている。私は一人で食べているので、他の学生がどのようなメニューを注文しているのか興味があった。私の推理が、あの定食は美味しいね、私もよく頼むよ、と会話の弾むきっかけになればと思っていたのだが。

＊

バイト先の塾でしか人と話さない日々が続き、ゴールデンウィークに突入し、大学の授業が休みとなったので、久々に実家の門をくぐると、父と母が出迎えてくれた。

「海松子ちゃん、おかえりなさい！　一人暮らしはもう慣れた？　まだ始まったばかりだけど、慣れない家事ばかりで大変でしょう。洗濯機はちゃんと直った？」

「直りました。排水の管が直角に折れ曲がっていたのが原因で水漏れしたみたいですが、位置を整えるとうまくいきました」

一人暮らしを始めて一週間ほど経ったある日、洗濯機周りの床が水で濡れていたので、あわてて母に電話したところ、排水口の辺りを見直してみたらと助言され、無事原因を発見できたのだった。私が久しぶりの実家の居間のソファでくつろいでいると、母が百貨店に出向いて購入してくれたと思われる、私の好物の笹に包まれた蓮根の餅を、硝子皿に盛って運んできた。

父と母の歓待ぶりに、嫌われて実家を追い出されたわけではないのだなと確信できて、少しほっとする。邪魔だから追い出されたのではないかという懸念が頭をもたげる日もあった。しかしこうして帰省すれば私は片井家の娘として、昔となんら変わらずに、欠けたピースを埋めるように機能している。

実家は祖父母の代から受け継いだ和洋折衷の建築様式で、一階の庭に面したサンテラスには日差しが注いでいる。もともと母方の祖父母が住んでいた家を、高齢になった祖父母は設備の整ったマンションに越し、私たち家族が受け継いだ。奈良での父の研究が終わり、教授として東京にある大学に勤めることになり、私が小学校に上がる直前でのタイミングだった。

家のなかは、母が古道具屋で買い集めた品と、祖父母の家具や調度品も捨てずに残してあるので雑然としている。鋲で打ち付けた赤い革張りが剝がれてきた肘掛け椅子、祖母の遺品でいまは動かない卓上ラジオ、足踏みミシン、文机や丸鏡の木製の鏡台など、もう使わなくなったものまで置いているので、居住スペースをやや圧迫している。動かなくなった精工舎の柱時計も壁の中央から未だに移動していない。家族の人数があと一人でも多かったら物が溢れすぎて家として成り立たなかっただろう。

実家のすべてが渾然一体となって私をなぐさめた。一人暮らしにより、疲れや寂しさを意識したことは一度も無かったが、これだけ心が解放されるということは、知らない間に緊張し、なんとか上手く生活しようと気負っていたのだろう。家具に薄ら積もっている埃ですら懐かしい。ホームシックというやつだろうか。

葉の細く短い松に似合うように、丸く剪定されている、窓の外に見える黒土の庭にある老いた五葉松も、元気そうで良かった。この松は、私の名の由来にもなった。平安時代に因む名前を考えているうちに、結果的に松の木ではなく松の実の意を持つ海松子になったらしいが。亡き祖父母も大切にしてきた木なので、父母ができる限り延命させるだろう。

「そうだ海松子、七時半から諏訪が来るぞ。夕飯を一緒にどうだと誘ったんだが、今日も断られた。だから夜は出かけないようにな」

「出かける予定は元からありません。偶然ですね、ちょうど実家に戻ってきた日に諏訪さんが来るとは予想してなかったです」

「なに言ってるの、諏訪さんが海松子ちゃんに合わせて日にちを決めたに決まってるじゃない。海松子ちゃんが一人暮らしを始めたって伝えたら、お父さんが聞かれたんだから。〝ところで海松子さんの帰ってくる日はいつですか〟って。だから、完全にあなた目当てよ」

心なしかうれしそうな母に、なんと返事したら良いか分からずに、とりあえず頷いた。

サワクリ兄こと諏訪蓮吾が我が家を訪れるのは、きまって会社帰りだ。そのためいつも通勤のスーツ姿で、駅前で買った酒や寿司や菓子を手土産にして現れた。大学の卒業式目前に、他の片井ゼミ生と共に初めて我が家を訪れたサワクリ兄は、その後社会人になっても二ヶ月に一度ほどのペースで、単独でやって来る。時折教授仲間や考古学者の偉い先生などがうちへやって来ることはあったが、教え子で未だに来るのは彼のみだ。

「海松子ちゃん宛てに、葉書が届いてたわよ。三日前に届いて、アパートの方へ転送しようかとも思ったけど、今日うちに来るから大丈夫かと思って、取っておいたの」

片井海松子さま
こんにちは。お元気ですか。
突然の手紙で、すみません。
ひさしぶりに連絡を取りたくなりました。
大学での新生活には、もう慣れた頃でしょうか。
僕は自由時間が増えたのを良いことに、趣味の旅行によく出かけています。
おいそがしいと思いますが、もし良かったらまた会ってください。
暑くなってきたので、どうぞ身体に気を付けて。
森田奏樹(もりたそうじゅ)

住所欄にはエアメールの赤い文字とローマ字で書かれた住所、よく読めないが外国語なのは間違い無い消印。葉書の裏には、東南アジアらしき路地裏で子どもたちが遊ぶ写真が印刷されている。高二のときに望まれたお付き合いができず、まね師も絡んできてからは、連絡は途絶えていたが、なにか心境の変化でもあったのだろうか。

「森田くんは本当に筆まめな男の子ね。年賀状も確かずっと送ってくれていた子よね」

「はい、いただいていました」

「森田くんね、小学生のときに、うちの前に立っていたことがあるのよ。私はあなたと森田くんが同じクラスだと知っていたからね、ご挨拶して、良かったらうちに遊びに来ませんか、もうすぐ海松子も帰ってくるので、って言ったんだけど、話してる途中にもどんどん後ずさりしてね、ぴょこんと一度お辞儀したあと、何も言わずに帰ってしまったの」

私は黙って頷いた。母は言ったのを忘れているかもしれないが、何回か既に聞いた話だった。よほど印象が強かったのか、七光殿の話が出ると母は必ずこの話をする。

二階の自室に上がった。部屋は一人暮らしのために家を出る前とほとんど変わっていない。机や家具などはなるべくそのままにして、新居には新品を買い揃えた。引っ越し先へたくさん持っていったら、もう二度と私の部屋へは帰って来られないような気がしたから。父と母に占領されるのを恐れているのではなく、長年かかって築かれてきた、自分の巣の雰囲気が変わるのが嫌だった。

椅子に乗って棚の最上部にある手紙専用の缶を引っ張り出した。他の人からあまり手紙をもらわないから、缶の中身は七光殿専用みたいになっている。

七光殿は、小学生から中学生にかけて、年賀状を律儀に毎年送ってくれた。彼の住所を調べるために手紙類をまとめたバインダを取り出した。私はもらった手紙や葉書はずっと保管しておく性質だが、量はそれほど多くない。十年以上前に七光殿から送られてきた年賀状は、今やすっかり黄ばんでいた。太いマジックで書かれた「あけましておめでとうございます」の小学生らしい文字に自然と笑みが湧く。同じクラスになったものの、あまりしゃべった記憶は無いが、年賀状は送り合っていた。隣の町に住んでいて、小中高とずっと学校が同じだった。

彼は高校一年生のときに、自身のブログが書籍化されたことで話題になった。私の本棚にも彼の『トワイライト・ジャーニー』はある。薄紫色の表紙の薄い本だ。クラス中で話題になり、まね師にも貸して、回し読みした。クラスでは内容というより高校一年生の七光殿がすでに数えきれないほどの海外旅行経験があることに、みんな驚いていた。世界各国の夕暮れの写真が美しく感傷的だった。旅行といえば楽しくてはしゃいだり、たくさんのスポットに出かけたりとパワフルなイメージがあるが、この本は世界のどこへ行っても太陽は昇って沈むのだと、自分の目で確認するために淡々と各国を回っているような静かな本だった。

バインダのなかに手書きの迷路が描いてある年賀状があり、脳みその皺を思わせるぐるぐるした複雑な迷路の下に、〝ゴールしたら、ぼくのとこにもってくること!!〟と小さい字で書かれてあった。迷路には私が描いたと思われる赤い線がゴールに到着していたので、迷路はやったのだろう。しかし七光殿にゴールした葉書を見せに行ったかどうかは、どうしても思い出せなかった。葉書の表の年号を見ると、小学四年生のときに送られてきたものだった。

缶に今回の葉書を入れようとして、もう一度読み直して気づいた。はてなマークが無いから見落としていたものの、私に向けての質問が二ヶ所書いてある。

返信するために椅子に座り、文具の入っている机の引き出しを開けた。買ったものの手紙をやり取りする習慣が無かったため、ずっと取っておいた便箋を、引き出しの奥から引っ張り出した。中学時代に買ったものだろうか、犬のイラストが描いてあり、少し幼い。便箋を埋められるか、自信が無くなり、葉書も探してみたが数年前の余った年賀葉書しか見つからず、さっきの丸い柴犬が微笑んでくる便箋を広げた。

もらった葉書を参考にしながら、質問事項に対してなるべく誠実に答えることを念頭に書き始めた。

森田奏樹様

こんにちは。元気にしています。

葉書ですが本日五月三日に拝読いたしました。母からの情報によれば三日前に既に実家に届いていたとのこと。一人暮らしを始め住所を変更いたしました。

お葉書ありがとうございました。

大学での新生活にはもう慣れました。

旅行はどちらにいらっしゃったのですか？　いただいた葉書の消印が海外だったので、どこの国から投函されたのか気になります。私は冬の終わりに大学合格記念として家族で行った、甲州旅行がもっとも最近の旅行の記憶で、釈迦堂遺跡博物館の土偶がぽっかりと暗い眼と口を開けているのが印象深かったです。

忙しくはないので、また会いましょう。

今日はあまり暑くないですが、気温と気圧が乱高下する日々が続いているので、身体には気をつけます。

片井海松子より

自分の名前を記している辺りで窓から西日が差してきて、左腕がじりじりと熱くなってゆくのが、久しぶりの実家を実感させる。葉書に書かれた七光殿の住所は以前と変わっておらず、丸写しする。小学校から同じ学区内だった彼の家は、実家から歩いて十数分の距離にあり、普通にご近所だ。自分のは新住所を記しておいた。

居間に戻ると、両バタの木製ワゴンで食事をテーブルに運んできた母が、祝い膳に見立てた朱塗りに黒縁の盆に載った夕食をそれぞれの前に置いた。

「今日の献立は江戸中期の料亭ご飯よ。ひらめのお刺身、しいたけとじゅん菜のつぶし玉子汁、なまこの煮物よ。二の膳に鯛(たい)の焼き物と茄子(なす)の田楽みそがあるから、お腹(なか)は空けておいてね」

「なまこなんて、めずらしいな。どこで手に入れたんだ」

「乾燥なまこをネット通販で買ったの」

「はは、なるほどな。入手方法は現代的なのか」

刺身のかいしきには庭の五葉松の葉が使われている。食器用洗剤で洗ったり葉先を切って処理したりと、かいしき作りは面倒なのに、母は本当にマメだ。

古道具屋で買い集めた母自慢の瀬戸物に数々の料理が盛り付けられていた。母の作る江戸時代の料理を見て食べる度、そこはかとない陰影を感じる。現代料理、たとえばハンバーグやピザを食べているときの、カジュアルさとは真逆の、日本人としてのＤＮＡ

を呼び覚まされる生々しさを、料理と共に味わう。白っぽい皿を使うことが多い現代の盛り付けを見慣れているからと思っていたし、確かにそれもあるが、久しぶりにこうして見てみると、やはり皺々の清潔な手が作っているのがまざまざと浮かぶような余韻が、どの料理にも染みついている。母の手が皺々というわけではない。

きっと母が、少し無骨で大きめの具材の切り方や、煮ものの醤油っぽい黒さ、彩りを良くするためだけに葱の散らしやソースがけなどは行わない、などの細かい箇所も忠実に江戸の献立を再現しているからだろう。夜になれば蠟燭に火を灯した薄暗いなかでこのような料理を食べていた当時の人たちにとって、食べるとはどんな意味があったのだろう。

サワクリ兄来訪の時間が近づいてくると、食後に書斎へ入った父が二階から下りてきて、私を驚いた風な瞳で見た。

「おい、海松子の準備が済んでないぞ。もうすぐ諏訪が来るのに」

「準備は整ってますよ。トイレも行ったし夕食後は歯も磨きました」

「そうか、それならいいんだが」

七時半ちょうどにインターホンが鳴る。相手は誰か見なくても分かる、サワクリ兄が訪問の時間に遅れたことは無い。玄関のドアの鍵を開けると、ドアが勝手に開いてサワクリ兄が顔を出した。

「お邪魔します。お、海松子、ごきげんよう」

「ごきげんよう」

使い慣れない言葉を相手に合わせて返すと、彼はちらりと私を見て笑ったあと、目をそらした。重厚な玄関ドアだが、背の高い彼が開けて入ってくるとやや小さく見える。ゴールデンウィークの真っ最中である本日も仕事だったという彼は、スーツ姿に通勤鞄、大きな紙袋も携えていた。

普段うちでは酒を飲まない父が、サワクリ兄の来る日には彼に合わせてウィスキーを飲み、いつもよりもやや陽気に、バンカラに振る舞うのを見るのは嫌いではなかった。またサワクリ兄は居間のソファに座って酒を少しずつ飲みながら、ラジオのＤＪのようにしゃべり続けるので、私たちはただ聞いていれば良いという気楽さもあった。彼はやって来て自分の近況をおもしろおかしく話し、こちらの最近の出来事も聞きだしたあと、二時間足らずで帰ってゆく。晩御飯を食べてゆきなさいと父が勧めても断り、いつも酒だけに留めていた。会社帰りにうちへ寄るため、スーツ姿のままで、普段の帰りはもっと遅くていつも十二時を回る、今日は早めに片付いたから来れた、と言って、ネクタイを緩めたりする。

「海松子ちゃんは、大学生活は上手くいってるの？」

「はい、体調を崩すこともなく毎日通っています」

「お友達はできた？」

「クラスの子たちと時々は話しますが、友達と呼べるか疑問ですね」

「友達作るには、とにかくサークルだよ。どっか所属した？」

「入ってないです。塾講師のアルバイトを始めたので、そちらに慣れてから検討しようかと」

「あ、計画ミスをしているな。サークルってのは新歓の時期を過ぎると、めちゃくちゃ入りづらいんだ。新歓での飲み会で一気に仲を深めるから、その過程を経てない一年生は〝はっ？　誰？〟って扱いになる。試合や大会やコンサートに出場するつもりの部は、すでに練習始めてるだろうし。入学式のときにチラシいっぱいもらっただろ？」

「いえ、特に」

「そうか？　おかしいな。俺なんか広告研究会とテニスサークル掛け持ちしてたから、新歓の時期には腰が痛くなるほど重い、すごい量のチラシが入ったトートバッグを持ち歩いて、そこらじゅうで配ってたもんだけど」

「諏訪くんの言うことは聞いておいた方がいい。なにしろ彼は大学時代は、キャンパス内では彼のことを知らない人間はいなかったほどの社交家だったからな。サークルなんか、様々な分野に手を出して多いときで十ほどは入ってたんじゃないか？　まぁ活動が活発すぎて、留年したことまでは見習わなくていいがな」

「余計なことまで思い出させないで下さいよ、先生。ところでここの家。屋根の瓦も煉瓦の塀も、そろそろリフォームした方が良いですよ。大地震が起こったら落ちてきたり、崩れてきたりしますよ。家全体も一度ホームインスペクションしてもらってはどうでしょう。ここ、明らかに一九八一年より前に建てられた、旧耐震基準の家ですよね？　耐震性や断熱性を高めるリフォームとかリノベとかした方が良いですよ」

「確かにちょっと揺れただけでも、天井がやたら軋むから、いずれ大きな揺れが来たらどうしようと不安に思ってたところなの」

「家に居る時間の長い奥様が一番心配ですよね」

「そうだったのか、じゃあ近々検討してみるよ。その際には、諏訪くんの会社に頼むな」

「ぜひ！って営業で言ったわけじゃないですからね。本当に心配してるんだから」

サワクリ兄の言葉に全員が笑う。確かに地震が起こる度に不吉な軋み音がして、書物をぎっしり詰め込んだ相当な重量の父の本棚がある書斎が上になる居間の、天井につけたシャンデリアが揺れて埃が落ちてくるのを不安な気持ちで眺めた日はあった。

この家の趣を残したまま、強度を高められるならリフォームも悪くない。たとえば玄関ドアの上部の半円形アーチ部分など、とても古いけど、ぶどうや蔦の彫刻は素朴で可愛いから残してほしい。幼い頃につけた傷さえまろやかに磨滅している古い床もそのままに。あとサンテラスの古い硝子も。歴史を積み上げたまま内側で現代技術による修復を重ねられるなら、理想の形だ。

なんの前触れもなく父が居間の電気を消し、なんだろうと身構えていたら、ダイニングにつながるドアから、ろうそくの揺れるケーキを持って母が登場した。

「海松子ちゃん、誕生日おめでとう。五月十六日には少し早いけど、今日みんな集まっていることだし、祝っちゃおうと思って」

「もう十九歳か。ぼくが初めて会ったときは十七歳で、まだ子どもって感じだったのにな」

「いやいや、まだまだ一人前とは程遠い未熟な子どもだよ。成人に向けて、精進しなさい、海松子。誕生日おめでとう」

「ありがとうございます、お父さん」

母は青紫のプラムやサクランボの柄が入ったカップアンドソーサー、父は額をプレゼントにくれた。サワクリ兄からの贈り物は、分厚く適度に皺の寄った和紙を、細い木の枠組みに張った、縦長の行灯(あんどん)型のランプだった。スイッチを入れると電球の光が和紙から透けて、優しいほの暗い明かりを空間に灯した。

「一人暮らし始めたんだろ？　使って」

「ありがとうございます。ちょうど寝る前に手元を照らす明かりが欲しいと思っていたんです。これで真夜中にトイレへ行くときも安全です。ありがとうございます」

彼がうちへ入ってきたとき、やたら大荷物に感じたのは、これのせいだったのか。

明日も仕事なので、と帰り支度を整えた彼のために玄関のドアを開けると、夜になって小雨が降り始めていた。サワクリ兄は髪が濃い黒、肌は地黒でスーツもいつも黒っぽいものを着ているので、夜に外へ出ると闇に紛れがちだ。彼を玄関先から門まで私が送るのは、毎回のことなのだが、家のなかで話していたときとは彼の雰囲気が微妙に変わるので、気合を入れ直す。

「大学で彼氏とかできたの？」

黒傘の留め具を外しながらサワクリ兄が私に聞いた。

「いえ、できません」

「即答か、悲しいねえ」

彼氏どころか四月のクラス飲み会で増本くんと二言三言話した以外、大学の関係で男性と会話したことが無かった。毎度授業を受けるだけの教室や、一人でひたすら食べているだけの食堂で、どうやったら異性と接触できるのか、想像もつかない。

「あと海松子、お前いやに煤けてるけど、健康面は大丈夫なの？」

「煤けてる？　大丈夫ですよ、まったく問題無いです」

サワクリ兄は背をかがめて私の顔を覗き込んだ。

「ほんとだ、よく見ると顔はいままで通りだね。ってことは手入れしてないのか。髪くらい梳かしなさい」

「梳かしてます」

　身だしなみはちゃんと朝に整えている。顔を洗い、歯を磨き、髪に櫛を入れ、洗濯したての服を着て、家を出ている。だから、小ざっぱりした格好のはずなのだ。強いて言えば化粧はしていないし、服や靴は極力買っていないし、前髪は自分で切っている。しかしそれは、手入れを怠っているわけではない。節約だ。

「新生活で必要なものはもう全部揃えたのか」

「はい、通販カタログに一人暮らし応援ページがあり、家電も家具もほぼ一式そちらで買い揃えました」

「あー、実物見ないで写真や仕様だけで選んだんだろ」

「はい。必要なものが多く、一つ一つ吟味して揃えていたら、転居までに間に合わなそうだったので」

「だったら、自分の部屋じゃないような感じするだろ。俺も一人暮らし始めたときに同じ状況だったんだけど、真新しい見慣れない、特に愛着のない物に囲まれて、ちょっとイラつくっていうか」

「確かに言われてみれば、どうも落ち着けませんね」

以前会話のどこかでサワクリ兄は群馬県出身で、大学進学のために上京してきたと聞いた。一人暮らしの年数も長いのだろう。

「良かったら一緒に買い物に行かないか？　一つか二つでも自分の気に入った家具とか置くと、部屋の居心地が良くなるぞ。入学当時なら大変だっただろうけど、今なら時間にも気持ちにも余裕が出てきただろ？」

「はい、塾のアルバイトが無い平日と土曜は、特にすることが無いです」

「俺、一応プロだから、アドバイスするよ。うち不動産だから分野はちょっと違うけど、いつも家具配置シミュレーションされた新築の部屋とか、案内してるぞ。お前の部屋の間取りとか広さを見たら、どれくらいのサイズの物が合うとか分かるから」

「ではお買い物に行く前に一度、私の部屋を見に来ますか？」

サワクリ兄は一瞬黙り込んだが、すぐにまた口を開いた。

「いやいや間取りと大体の家具の配置を教えてくれたら、ちょうど良いインテリアグッズ選べるから大丈夫」

サワクリ兄が門に向かって歩き出し、私は自分もビニール傘をさして門まで見送りに行こうとしたが、濡れるから、と手で制されて、そのまま軒下に立って見送った。

「俺は一人暮らし歴長いからな、大学の頃からだ。分からないことがあったら聞いて」

「はい」

「あとしつこい新聞勧誘とか、怪しい点検業者とかが来たら、俺に連絡してきて。追い返すから」

「分かりました」

「あとしばらくは彼氏作らないでいて」

「分かりました。え？」

「じゃあな」

彼は門の閂を外すと、雨足が強まるなかを早足で帰っていった。彼が私の異性関係に言及したことは今まで無かったので、印象的な会話となった。

私の部屋もまた母の趣味の影響を受け、母から譲り受けたり、母と共に古道具屋へ訪れた折に自分の小遣いで買った年代物の品が並んでいた。父が弥生時代、母が江戸時代だとしたら、私は大正時代が好きだ。だから祖父母の遺品なども、祖父母の面影を感じるのとはまた別の意味でも愛着がある、大正ロマンの頃のデザインの品が大好きで、古道具屋で細々とその時代の物を買い集めては、家に飾ったり実際に生活必需品として使ったりしていた。

真鍮の外套かけも硝子戸にステンドグラスをはめた箪笥も一人暮らしの部屋に持って行きたかったが、この場所から消える姿を見るのも切なくて置いたままにしている。今夜はここで寝たいけど、布団を干していないからと母にやんわり断られた。部屋の中身は出て行く前とほとんど同じ状態のまま残っているのに、私はここに泊まれない。

一つため息をつくと、私はクローゼットを開いて、ハンガーに掛けたままだった秋物の薄いコートを引っ張り出した。荷造りの頃まだ実感が湧かず、次の次の季節の服を持たずに家を出たが、いまでは両親の決意の固さを実感し、全ての季節の服が必要だと分かっている。丈の長いコートを両腕を使って丸めて紙袋にしまうと、私は自分の部屋を出た。

風呂に入りに一階へ下り、浴室の戸を開けると、湯を張った浴槽に青々とした菖蒲(しょうぶ)が浮かんでいた。母が五月の季節湯である菖蒲湯にしてくれたのだ。現代でも五日のこどもの日に入って子どもが丈夫に育つよう願かけする。子どもの頃からの実家の恒例行事で、端午の節句が近づくと風呂に入るのが待ち遠しくなったものだ。今でも菖蒲の魔を祓(はら)ってくれそうな毅然(きぜん)とした佇(たたず)まいと、風呂場にどことなく漂う爽やかな香りが好きだ。菖蒲は熱い湯にも負けず、しゃんとして、強い生命力を感じる。葱を雄々しくしたような青々としたまっすぐの葉を左手で、白く太い根元の方を右手で握り、菖蒲のパワーをもらう。

ある夕べ、父に言われてサワクリ兄を門まで見送ったときに、彼が私を抱きしめて「本気だから」と囁(ささや)いた日があったのだが、そのときの彼が夏の暑さのせいか、アルコールを飲んでいたせいか、あるいはその両方が原因なのか、首筋から、アメリカ製のプリングルズのサワークリーム&オニオン味の非常に微量な匂いがした。高校二年生当時、あの円筒容器に入ったチップスが教室内で大流行していたので、私はその匂いについて詳しかった。自分に匂いが移るのは勘弁なので次からは避けたかったが、幸い彼は再びうちを訪れても私には触れず、何事も無かったかのように毎度我が家を賑わしては、さっと帰っていった。あの抱きつき事件以来、私は彼のことを頭のなかでサワークリームオニイサン、略してサワクリ兄と呼ぶようになった。

住宅という高価な商品を売るために、デオドラントへの気遣いを徹底している彼から、ものすごく微量の香りをとらえられたのはよほど彼が近くに居たということだ。

あの本気発言はまるで無かったかのような振る舞いに、現在まで私の聞き間違いだったのではと思っていたほどだ。しかし今日、彼氏はしばらく作るなと言われたときに、あのときの雰囲気を少し思い出した。

彼からは時々観察されているような視線を感じる。彼とは違う別の人、たとえば父母と話しているとき、飲み物を飲んでいるとき、ほんの少しの時間だけ、まっすぐ見つめられている。短いけど気づかずにはいられないほどの鋭さで。

天井の露が浴室のタイルに落ちる音が、いやに大きく響いた。力を込めて菖蒲を握っていると、茎は真ん中でぽきりと折れ、しかし千切れずつながったまま。手の力をゆるめると、鮮やかな黄緑色の茎に深い縦の折れ目が入っている。

＊

ミスキャンの晴れ舞台を迎えるまね師と話したかったが、ゴールデンウィーク明けに大学が再開しても、日本書紀の授業における最近の彼女は、授業が始まった直後に教室に入って隅の席に座り、授業が終了すると即出て行ってしまうスタイルを取っていたので、話しかける隙が無かった。キャンパス内でも見かけない。

ミスキャン予選大会当日、私は手製の団扇(うちわ)を携えて会場の文化会館に入場した。この団扇は高校二年生の文化祭で使用した思い出の品だ。まね師は他の女子十人と共にアイドルの曲で踊ることになり、私はまね師に頼まれて、指示通りに縁をピンクの羽根であしらった黒い団扇を持って、体育館へ応援しに行った。団扇の真ん中にはショッキングピンクの〝萌音〟の字が立体的になるよう少し浮き出させて貼りつけてある。

「では早速、今年度候補者の十二名に入場してもらいましょう！」

爆音の洋楽が流れて、司会者によって六名のミスター候補が一人一人紹介された。彼らは客席をぐるりと一回りしてから赤い絨毯の敷かれた壇上へ上がった。

ミスター候補六名全員が舞台に出てきたあとはミス候補の番で、まね師はエントリーNo.3。

「エントリーナンバー三番祝井萌音さん。趣味はクラシックバレエ、支えてくれた友人と家族のおかげで今日まで来れたと思います、よろしくお願いいたします」

水色のワンピースを着たまね師が笑顔で手を振りながら客席を一回りするので、私は団扇を振ってみたが目は合わなかった。結局コンテストを見に行くとまね師には伝えられずじまいだったから、私が居るとは気づいていないのだろう。

ミスターもミスも候補各人が自己PRをして、まね師は高校の文化祭で踊ったダンスを少し披露し、拍手をもらっていた。カクテルドレスやスポーティーなミニスカートやテニスウェアを着てのファッションショー、オレオレ詐欺の電話がかかってきた際の受け答えの寸劇と続いた。

「うわー。ミスキャンのノリってこんな寒かったんだね。特にミスターの候補の人たちのノリが滑ってる。いくらイケメンでもねー」

「恥ずかしくてこっちが見てられないわ」

隣に座っている女子たちがくすくす笑いながら小声で話している。確かに容姿や親しみやすさや魅力を競うこのコンテストは、芸術や頭脳を競うコンテストに比べて空虚な面もあったが、ステージ上に立ちプライドをかけて勝負している彼ら彼女らは輝いていた。特に、全力で自分の愛らしさや茶目っ気、演技力などをアピールしているまね師に私は心をうたれた。

人の真似をすることでしか自己表現できなかった彼女が、大学生になりようやく自分の長所をアピールし、自分らしさで観客を魅了しようとしている。このアピールでさえも誰かの真似なのではないかという疑念が頭をかすめたが、ネタ元が分からない限り彼女がオリジナルを話しているのか、それとも模倣しているのかは誰にも分からない。私にとって、真実はどちらでも良い。むしろ他人の自分らしさを自分の自分らしさとして語っているまね師の方が、彼女らしさが出ている。贋物を作るにも相応の努力が必要で、結果が成功している場合、称えられるに相応しい。

すべてのプログラムが終わると、ミスターとミスの本選出場者を決定するための投票の紙が来場者に配られた。

「さて、結果が出たようです。発表はちょっと緊張しますね。こちらのなかに結果が入っております。予選結果の発表です。ミス、ミスターそれぞれ三名ずつです。それでは発表します。明日の本選に残る六名は……！」

ミスはエントリーNo.1、No.2ときて、3は飛ばされてしまった。私はまね師に投票したが、落選してしまった。ドライアイスで白煙を起こして、色とりどりの風船が降ってきたため即興で作った天国みたいになった舞台を、まね師が笑顔で手を振りながら、他の落選者と共に去っていく。本選に出場したらまた見に行きたいと思っていたので残念だ。

団扇を家電量販店の丈夫な紙袋にしまってから会場の出口に向かって歩いていると、エントランスからまね師が顔を出して素早く手招きして、また引っ込んだ。彼女のいた方のドアから私が出ると、外に腕組みした彼女が立っていた。

「今日はおつかれさまです」

「私もう一回楽屋に行って着替えてくるから、ここで待ってて。動かないでね」

「分かりました」

まね師の姿が会場の裏側へ消え、観客たちは続々と会場から出て行く。まね師が私に気づいていたとは意外だ、コンテスト中はまったくこちらに視線を向けなかったのに。

すごく暇なので正面口から吐き出される大学生たちを眺める。普段の大学のキャンパス内よりも着飾った人たちが多いように見える。高級ブランドのものらしきバッグを携えたカップルが目の前を通った。ブランドの名前はほとんど知らないが、高級なバッグは見分けられる自信がある。バッグに存在感があり、持ち主が大切に扱っているのもあって、散歩にでかけたペットとその飼い主みたいに見えるからだ。ショルダーの無い、小脇に抱える形のバッグは特に、小型犬を抱いている女性と同じ風情が醸し出される。大きなバッグだと存在感がすごすぎて、競走馬とそれを曳（ひ）く人のように見えるときさえある。高級バッグはほとんど本革だろうから、どれだけ色を染めても、動物としての名残があるのかもしれない。

二十分後、まね師が辺りを見回しながら関係者用のドアから出てきた。

「おまたせ」

「着替えてませんね」

「あれは嘘。観客がみんな帰るまで待ちたかったから、楽屋で時間つぶしてた。同じ時間に帰ったら電車とかで〝あの人落選した三番の人だ〟ってひそひそ笑われるでしょ。はあ、疲れた。ちょっと一服していい？」

「どうぞ」

私たちは灰皿の置いてある喫煙コーナーまで移動した。私は副流煙を避けるために風下ではない位置を選んだ。まね師は細長い煙草に火をつけ、うまそうに燻らせている。高校のときには吸っていなかったはずだが。

「入賞できるとは思ってなかったけど、コンテスト後の打ち上げにも呼ばれなかった。多分ネットで私のプロフィールページが荒れたから、警戒されたんだと思う。くそー、将来の彼氏と出会えるチャンスだったのに。あんなコンテスト三時間もだらだらやって、つまんなかったでしょ」

「いえ、充実した内容でした。様々な企画を通して、出場者の個々人の魅力がよく伝わってきました」

「ほんとに？　心の底では〝見てるこっちが恥ずかしくなるほど、自意識過剰なナルシストの集まりだ〟とか思ってたんじゃないの」

「思ってないですね。自己表現の場に臆せず出て来る態度は見習うべきものがあると感じました。私も常々他の人間とは違う自らの個性を良い方へ伸ばしていけたらなと思っています」

「ふうん」

まね師は煙草を指に挟んだままうつむいた。

「今日は来てくれてありがとう。うれしかった」

「私が来てるの、気づいてないと思ってました」

「あのド派手な団扇振ってたら、誰だって分かるよ。懐かしいねあれ、文化祭のときのでしょ？　まだ持ってたんだね」

「徹夜した力作ですから。また役に立って良かったです」

「ま、予選落ちだけどね。落ちたのはまあ、いいんだけど、ミスキャのプロフィールのせいでネットに悪口書かれたのが、痛すぎるなぁ。大学行きづらくなっちゃった。男はからかってくるだけで、まあ、いいんだけど、女たちが陰湿でさ。無視したり陰口言ったり避けたりして、この前なんかプリント配ってもらえなかったり出席確認の用紙を渡すの飛ばされたり、ガキかよって。まあ、あんな子たち、別に本当の友達じゃなくてただ群れてただけだから、嫌われたところで痛くもかゆくも無いけどね。もうそろそろ切りどきかなって。ほらあのグループで一番背の高い子いるじゃない、メリって言うんだけど、あの子が何を勘違いしたのか最近リーダーぶっちゃって、ついてけないっていうか、イタいよねぇ？　この前なんかさ、私がサークル追い出されたってどこかで噂を嗅ぎつけてきて、みんなの前で〝なんで辞めさせられたの？〟とか聞いてくるし、知ってるくせにね、でもあれは辞めさせられたんじゃなくていわば自主的に……、だって私が悪いわけじゃなくてさ、サークル部員の人たちが……、で、他にもさ……」

　文化会館の正門前の木々の葉が風にそよいでいる。降りそそぐ午後の日差しも葉を透かせて綺麗だ。初夏の濃い緑色をした元気な植物たちは、今まさに青空に向かって深呼吸をしている。こうして自然の美しさを感じながら、昼下がりにとめどないまね師の他人への悪口を聞いていると、高校時代が甦ってきたかのようだ。あの頃は教室のはためく白いカーテンや、窓の向こうの大樹を眺めながら、まね師の妙に動きの少ない歪んだ口元から繰り出される念仏のような悪口を聞き続けていた。青春の一ページといえるだろう。

「とまぁ、色々あるわけよ。大学でつるんでくれる人は誰もいなくなったけど、私だけが悪いんじゃない」

「私は大学でも、他の場所でも、萌音と話し続けますよ」

「ありがとう。さっきのも聞いてくれてありがとう。だいぶスッとしたよ」

まね師は悪口を言ったあと、いつも、〝聞いてくれてありがとう〟とお礼を言ってから午後の授業を受けに自分の席に戻っていった。感謝されて悪い気はしなかった。私は話を聞くというより、存在しているだけなのだが。

まね師はようやく今、周りの自然の美しさに気づいたという風に目を細め、木々と青空の間を見つめていたが、煙草の灰を落としたあと、伏し目がちになってつぶやいた。

「で、あんたはさ、高校卒業と大学入学の間に、一体何があったの？」

＊

大学の食堂のメニューは学生の食の好みの変遷により、複雑怪奇な進化を遂げている。その豊富さと健康志向を売りにして、学生集めをしている我が校だから、なおさらだ。流行を意識してチーズフォンデュセットや塩麴(しおこうじ)カツ定食などを入れてみたは良いものの、明らかに原価が上回るであろう定番の焼肉定食よりも値段を高くしてしまい、ショーケースの隅に追いやられたりしている。また大学生の好きな食べ物である、からあげ、エビフライ、トンカツをついどのメニューにも加えてしまうため、似たり寄ったりのメニューも多い。

ショーケースにずらりと並んだなかから、本日の胃袋にぴったりの一品を選ぶために、私は神経を研ぎ澄ませる。昼は学食で、と決めているのは大学近隣の飲食店や弁当屋に興味が無いわけではなく、自作の弁当を持参するのが面倒くさいわけでもなく、かつて一流体重計メーカーの指導を受けたというこの学生食堂に、厚い信頼を置いているからだ。

本日は非常に腹が減っている。からあげ、ハンバーグ、ミルフィーユカツの入ったミックス定食ぐらい楽勝で食べられそうだが、一番人気のこのメニューは、実はコスパが悪い。ミルフィーユカツが入ることで普通のカツのときより五十円も高くなるせいだ。薄いチーズを挟んだだけで五十円も上がるのは、個人的に納得いかない。またこのミルフィーユカツは作りおきで冷えているため、チーズの伸びも悪い。普通のカツのミックス定食は売り切れていたので、となると本日は、定食としてのコスパが良く、かつ味が優れているすき焼き風煮定食に決まりだろう。

「片井さん！」

定食類の列に並んでいると呼ばれて振り向く。あぶらとり神と彼女の友達グループが、空のトレイを持って後方に並んでいた。

「これから昼ご飯？　私たちも。友達と一緒？」

「いえ、一人ですが」

「だったら私たちと一緒に食べない？　いまマッスモが席取りしてくれてるから、すぐ座れるよ」

「はい、ご一緒させていただけるとうれしいです。ありがとうございます」

昼どきの食堂は非常に混む。いまはまだそれほどでも無いが、列に並んで料理を受け取っている間に満席になるリスクはあった。物を置くだけの席取りは禁止されているので、あぶらとり神のグループに加えてもらえるのはありがたい。

「ちょっと待って、マッスモにもう一人分席確保してもらうように言うね」

あぶらとり神が電話をしてから、ぶじ増本くんが私の席も取ってくれたと報告があった。

「取れたって。受け取ったら一緒に行こー。あ、りなっちとパヤヤ紹介しとくね。てか入学式のあとにみんな自己紹介したから、いまさらか」

私はクラス単位の授業の際に度々見かける二人に向かって頭を下げた。

「山崎(やまざき)りなさんと林伸輔(はやししんすけ)さんですね。片井海松子です、よろしくお願いします」

「え、うちらのフルネーム覚えてるってこと!?　一回もしゃべったことないのにやばくない？」

りなっちさんが口に手を当てて目を丸くしている。

「すごい。片井さんよろしく。パヤヤって呼んでな」

パヤヤさんの言葉に、私がつけたあだ名なんだよねーと、あぶらとり神がうれしそうに言った。

「クラスの人たちの苗字さえよく分かんないりなっちです、よろしくね！　でも片井さん印象強かったから入学してすぐに覚えたよ！　女子はみんなスカートのスーツ姿だったのに、一人だけパンツ穿いててかっこいいなと思ってた！　うちら一度もしゃべったことないよね。からんでみたかったのー。よろしく！」

「よろしくお願いします」

　りなっちさんは白い眼帯を左目に当てて、赤いカーディガンを着ている。りなっちさんが手を伸ばしてきたので握ると、指先が冷たかった。とても身体の細い、というか薄い人で横から見ると厚みが標準体型から三分の一スライスされたみたいな人だ。がっしりして背も高い、ついでに色も黒いパヤヤさんとは対照的だ。

　定食類の列が前へ進んでいくなか、あぶらとり神が改まった口調で切り出した。

「片井さん、このまえの飲み会のことなんだけど、ほんとにごめんね。詳しいことは連絡するって言ったのに、あのあと色々とやることが多くて、結局忘れちゃってて。会が始まってから片井さんが来てないことにやっと気づいたんだけど、いまさら連絡するのも失礼かと思って。来れるって言ってたのに、ほんとごめん」

「こちらから連絡しようか迷ったのですが、急な変更があった可能性も否定できないので、今回はうちに居ました。次回は参りますので、どうぞよろしくお願いします」

「こちらこそ！　また夏休み終わったら集まろーって話が出てたから、そんときはぜひ！」

　全員が頼んだ料理をトレイに載せ終えて、あぶらとり神を先頭に混雑している食堂のテーブルの合間を縫って歩いていくと、椅子の上であぐらをかいていた増本くんがのっそりとこちらを見上げた。

「マッスモ席取りありがとう！」

「頼まれてた竜田揚げ定食とタコの小鉢、取ってきた」

「うっす」

　トレイの上に自分と増本くんの分の料理をぎりぎりの状態で置いていたパヤヤさんが、丁寧にトレイをテーブルの上に置いた。

「やだ、この帽子きったな。あんたがいつもかぶってる奴でしょ。返す」

「うっせえな、せっかく席取ってやってたのにその言い草かよ。文句言うなら座らせねえぞこの野郎」

　りなっちさんが席に置いてあった灰色の野球帽の端を指でつまんで目の前に差し出すと、増本くんは奪うように手に取った。汗が付着しそのままになっていたのか、塩をふいたようにところどころ白っぽくなっていて、確かにかなり年季が入っている。増本くんは目つきの悪い顔で座ったまま私を見上げた。

「めずらしいな、片井さんがおれらと一緒にメシなんて。一人でいる方が好きなんじゃないの？」

「一人でいるのも好きですが、皆さんと食事を共にするのも楽しいですね」

「へえ、そうなんだ。あんまり群れないから一匹狼（いっぴきおおかみ）系なんだと思ってた。単に友達いなかっただけか」

「もうマッスモ、思い込み激しすぎ。あと毎回だけど、ちょいちょい失礼だから」

あぶらとり神の言葉に皆が笑い、各々昼ご飯を食べながらエアコンの壊れている教室への愚痴や、夏休みの予定に関して話をした。

私は彼らの話に相づちを打ちながら、それぞれどんなメニューを頼んでいるか、素早く目を走らせた。

あぶらとり神は、天ぷらうどんに七味をかけて食べている。大きな海老天が目玉のメニューだが、衣ばかりが大きく海老の身は細いので、お得とは言い難い。りなっちさんはコーンサラダとみそ汁だけをトレイに載せていた。ダイエット中か、胃が弱っているかのどちらかだろう。私が選んだすき焼き風煮定食は〝風〟とついているのが不信を煽（あお）るせいか、あまり注文する学生を見かけないが、すき焼きそのものの味が楽しめる、美味しいメニューだ。副菜、ライス、みそ汁もついて栄養のバランスも良く、かつ温泉卵もついてコスパも優秀。私は味が染みた、大きめの焼き豆腐二つが特に気に入っている。

「はーい、質問です。片井さんて謎が多いイメージだけど、休日は何してんの？」

まだ料理は残っているが既に食べ終わった気分なのか、箸を置いたりなっちさんが私に向かって言った。

「天気が良いと多摩川に行きますね」

「川かー。マラソン？」

「あまり走ったりはしないけど、美容目的です」

うどんをすすっていたあぶらとり神が顔を上げた。

「えっ、意識高！　良いね！　ヨガとか？」

「枝毛切りです。自然光の下だと見つけやすいので」

枝毛探しはただでさえおもしろいのに、たまに見つかるほうきみたいに毛先がいくつにも分かれているレア枝毛の存在がさらに私を熱中させる。背中の半分まである髪は、枝毛を自然に増やすために毛先まで栄養を行き渡らせないよう、伸ばしているといっても過言ではない。最初は眉毛バサミで切っていたが、物足りなくなり、現在は先の尖ったステンレスの細いハサミでシャキシャキシャキ切っている。

「あと多摩川ですることと言えば、河原で凧揚げですね。もともと興味はあったのですが、一人暮らしの部屋が実家よりも多摩川に近づいたのもあり、今年から本格的に始めようと思っています」

グループは一瞬無言に包まれ、みんなの視線が不安定に揺れた。

「でも片井さんって確かに、静かで落ち着いた雰囲気だよね。自分の世界を持ってるっていうか。映画観たり、本読んだりするのも好きなんじゃない？」

凧揚げについて詳しく語りたかったが、あぶらとり神の質問に先に答えることにした。

「映画館へは小学三年生のときに父と時代物を観に行って以来、足を運んでいません。読書も好きではないです。映画も小説も、良い作品かどうか以前に人間の思考の癖が強く出すぎているものが多くて、ちょっと敬遠してしまいますね。唯一時代小説のみは、歴史の勉強にもなるので時折読んでいますが。フィクションの展開が事実とは異なる出来事ばかり並べて、感情ばかりいたずらに動かそうと扇動するのも、どうも浅はかに思えます。物語に触れる度に私は、どの話も結局は作者の長い言い訳のようなものではないか、と感じます。本屋や図書館でたくさんの本に囲まれていると、人の脳みそのなかにいるようで落ち着かないです。音楽や絵画は、率直な表現の分、まだましかな」

「なぁんかエラソウに語ってますね」

増本くんが呟き、あぶらとり神に小声でたしなめられている。

「ときに、増本さん」

私が名を呼ぶと増本くんの顔がこわばった。

「なんだよ」

「学食、良いチョイスしてますね、よく」

「は？　食べたいもんをテキトーに頼んだだけだろ」

「栄養価が高くて安い鶏の竜田揚げ定食に、これまた値段は安いが味はレベルの高いタコときゅうりと大根の梅和え（うめあ）を付け合わせに選んでいる。安易に定食だけで済ませずメニューを吟味した上で足りない要素をオプションで取り、栄養のバランスを取っていますね。副菜の野菜メニューは地味であまり人気はないですが、食べてみると梅干しの塩加減がちょうど良く、味が調っています。食堂のメニューに精通した上で吟味した、コスパも質も考え抜いた選択に見えますが」

「うるせえ！　偶然だ。たかが飯のためにわざわざ細けぇこと考えてられっか」

「ご謙遜を。四月の親睦会のときから、見ていましたよ。クラスの他の皆が、歓談や酒に夢中で、割り箸さえ手に取らない人たちがいるなかで、あなたがお品書きを見て着々と自分好みの品を注文している姿を。野菜コロッケと海藻サラダの大盛りを頼まれましたね。コースの料理が明らかに物足りないなかで、ボリュームのある、かつコースの料理とはジャンルのかぶらないこの二品を宴（うたげ）の中盤で注文されたこと、ベストだと思います」

「へえマッスモって、意外と細かいんだな、知らなかった。馬鹿みたいなことしゃべりながらも、みんなの胃袋のこと考えてくれてたんだ、ありがとう」

パヤヤさんが座ったまま増本くんに深々とお辞儀をする。

「豪快に見えて倹約家でグルメなんだね」

「かっこいいっス、兄貴」

グールーメ、グールーメと皆が声を合わせたところで、顔の赤くなった増本くんが叫んだ。

「おれは自分の食べたいもの頼んだだけだ！　もう、いいからこの話題は終わり」

「片井さんておもしろいね。クラスであんまりしゃべらないから、もっとおとなしい子だと思ってた」

りなっちさんが笑いながら私の肩に触れる。

「寡黙に思われがちですが、人の会話の切れ目が分からなくて口を挟めないだけで、言いたいことはたくさんあります」

「じゃあどんどん私たちとしゃべろう。せっかく同じクラスになったんだからさ」

笑顔であぶらとり神がそう言ったとき、私の抱いていた〝勉強する場所〟という大学のイメージが、もっと生き生きしたものに拡(ひろ)がっていくのを感じた。

食べ終わった食器類を返却していると、名前を呼ばれた気がして顔をあげた。少し離れた場所から、まね師がこちらに向かって手を振っている。私も振り返したら、まね師は出口へ向かうあぶらとり神たちとすれ違って私に近づいてきた。

「海松子！　探してたんだよ。私これから昼ご飯なんだ。一人で食べてるの見つかると、またなんかイヤミ言われるかもしれないから、一緒にいてくれない？」

「私はちょうど今、食べ終わったところですが」

「うん、食べてるの遠くから見てた。めずらしく他の人たちと一緒にいたから、声かけなかったけど」

「なんで声かけないんですか」

「ああいう、わちゃわちゃしたノリの男女混合グループみたいなの苦手。ね、デザートにケーキでも食べなよ、おごるからさぁ」

おごりと聞いて俄然やる気の出た私は、ずっと食べてみたかったけどお値段の割にサイズが小さいんじゃないかなと思って今まで頼んだことがなかったヨーグルトレアチーズケーキをトレイに取って、まね師と共に再びテーブルに向かった。

「あんたとご飯食べてた子たちのなかに、帽子かぶってる男子がいたでしょ。さっきすれ違ったとき、その子があんたのこと〝枝毛〟って呼んでたけど、なんでなの」

「ああ、さきほどの会話で私が趣味を、自然光の下での枝毛切りだと話したからでしょう」

「順調にやらかしてるね。あんたに話しかけてきてくれるなんて良い人たちじゃん、大切にしなよ」

カツカレーを食べ始めたまね師は、授業が始まる前に終えなければと少し急いでいるのか、それとも単にお腹が空いているのか、スプーンに載せる一口がだいぶ大きい。

「こう言ったら相手にどう思われるかな、こんなことしたら周りの反応はどうなるかな、とか、何かする前にちょっとでも考えたら良いと思うよ」

「カツカレーを頼んでいる人に言われたくないですね」

「は？」

「一番のドボンメニューですよ。ただのカレーよりちょっと贅沢したい方が頼んで、結局損しているんです。ただのカレーとカツを単品で頼んだ方が安い上に、カツが一回り大きくなるのに」

「なにが食べたいかなんて、人それぞれでしょ。ほっといてよ」

「なにが食べたいかは、もちろん人それぞれです。私はカツカレーという料理自体を批判しているのではありません。ただ、少し手間かもしれませんがカレーとカツを単品で頼んで、あとで載せれば」

「うるさいな。分かったよ、次頼むときは別々に取るから」

彼女は私なら決してしない、揚げ衣が口内に突き刺さりそうなワイルドな勢いでカレーのついたカツを平らげていて、私はほれぼれした。

「萌音が元気になったようで良かったです。よく食べてるし」

「相変わらず肩身は狭いよ。普通に歩いてるだけでも、くすくす笑われたりするし。でも私めげないから。この大学では私の地位は虫以下になったけど、他大学のインカレサークルに入って、ここよりもっとレベルの高い男子にモテてやる。前は授業休んでたりしてたけど、もう休まない」

「強いですね。偉いと思います」

「ふふん。だってひきこもるなんて、もったいなくない？　私、大学生になってから、かなりモテるようになったし。お声の多くかかるフレッシュな一年生のうちに、良い彼氏捕まえなきゃ。あー、今年の夏休みは、まじで遊びたいなぁ。出会いを期待して一応リゾバ入れたけど、私友達少ないから遊びの予定一個も入ってないや」

「リゾバ？　なんですかそれは」

「リゾートバイト。伊豆の旅館に住み込みで一週間働くことにした。同じバイトの大学生と仲良くなれたらなーと思って。でも、うまくいくか分かんない。ねえ夏の間に海とか行こうよ、なんなら一泊とかしてさ」

「いいですね、楽しそうです。私もアルバイトの給料が貯まってきたので、旅行は可能です」

「夏っぽい、どっかいいとこ見つけてきてよ。地元の美味しいもの食べて、ちゃんと観光もして、レンタカー乗り回して絶景を見渡して、海で遊んで、ナンパとかされてみたいの！　まあ海で誘ってくる奴なんてチャラいのばっかりだから、ついては行かないけどね。あんたも太ったわけではないんだし、水着になったら見栄え復活して、彼氏できるかもよ！」

「彼氏ですか」

「そう、夢の彼氏だよ。あんたは大学入ってから、男子と全然接触ないでしょ」

「森田奏樹さんにならこの前お葉書をもらいました」

まね師のカレーとご飯を載せたスプーンが止まる。

「えっ、奏樹に!?　あいつまだあんたのこと好きなの」

「好きかどうかは分かりませんが、また会ってください、と彼は書いてました」

「で、なんて返したの」

まね師がご飯粒を口から飛ばしながら勢い込んで聞いてくる。

「忙しくはないので、また会いましょう、と書きました」

「それだけ？　まったく話が進んでないじゃん。具体的にいつ会うか決めないと。あんた、奏樹に会いたくないの？　ああ見えてあいつは奥手だから、あんたの反応が薄いと発展しないよ」

「会いたいですね。高校卒業して以来、顔も見ていないので久しぶりに話したいです。

家が近所で、小中高、と同じ学校だったよしみもあるので」

「会いたいのに具体的な返事しない、ってことは……私のことが、あるから？」

「え？　どこらへんに萌音が絡んでくるのですか」

「あんたまだ高校の時のこと、根に持ってるんだね。二人が付き合わないってあんたから聞き出したその足で、奏樹に告りに行ったし。あの頃の私、本当に幼くて無鉄砲で、さみしくて……。大切な居場所さえ自分から失くしてた気がする。時が経って、いまさら気づいたんだ」

ラブソングの歌詞のようなことを言い出したまね師がスマホを取りだした。

「私、奏樹のアドレス知ってるから、いますぐメッセージ送っていつ会うか決めな。奏樹は絶対に、あんたからの具体的な返事を待っているはずだよ」

＊

待ち合わせの場所に選んだ『喫茶トレアン』は、大学の正門の向かいにあり、通学の際に前を通りかかる度、気になっていた。毎度入ってみようかと思うものの、窓には何枚もメニューが貼ってあるせいで店内がよく見えないし、扉は常に閉ざされているので、素通りしていた。古い外観から察するに、昭和のすごく昔からある店で、カウンター席に座った常連客のおじいさんが、新聞を広げてコーヒーを飲んでいるのだろう。大学の近くなのに、学生が入ってゆくのを見たことがない。

ただ私にとっては不思議な引力をもつ喫茶店で、大学からすぐ近くのこの店で、コーヒーか紅茶を飲んで一服できたらなと常々思っていた。窓のメニューの内容が、外食寄りではなく家庭料理寄りで、結構充実しているのと、この辺りの平均相場より二百円ほど価格設定が低いのも魅力的だ。

早めに着いたのでメニューの貼り紙に目を通していると、窓台に招き猫ならぬ招き人形がずらりと並んでいるのに気づいた。藤娘の人形や硝子の赤べこや二頭身のこけし、木製のフクロウなど、観光地の土産店にかつて並んでいた面子(メンツ)が勢ぞろいして、いらっしゃいませしている。窓台だけでなく、薄く埃をかぶったショーケースにもマスコットキャラたちが点在していた。彼らはオムライスやスパゲティ、クリームソーダなどのサンプルの隣に佇み、まるでメニューを紹介するように大きく片手を掲げている。

呼ばれた気がして顔を上げると、横断歩道の向こう側に七光殿が立って、こちらに手を振っていた。手を振り返すと信号が青になり、強い日差しのもと七光殿がこちらへ向かって歩いてくる。

「ミルちゃん、久しぶり！　待たせたかな？　炎天下で待たせてごめん。授業が長引いてしまって」

小学生時代と変わらず私をミルちゃんと呼ぶ七光殿が懐かしい。

「いえ、そんなに待ってないです。店の軒下に立っていたから、暑くなかったし」

「そっか、良かった。さっき熱心に何見ていたの？」

「店の前の陳列物です。通学でお店の前を通りかかるとき、いつも色々置いてあるなとは思っていましたが、じっくり見たことは無かったので」

「懐かしいウルトラマンがいるね。うちの兄貴が子どもの頃持ってたのと似てる」

私の隣で彼が身を屈めると、ふわっと潮の匂いがした。Tシャツの後ろ、首元が汗で少し濡れている。自分の大学からわざわざ私の大学の近くまで急いでやって来た彼の方が、よほど暑かったのではないだろうか。

ウルトラマンの銀色のとさかは日光を浴びて色褪せ、白っぽくなっていた。

店内に入ると、なかは思ったよりも明るく奥行きがあり、客が一人いて、高い位置にあるテレビは相撲中継を映していた。カウンターの後ろにある厨房からおじいさんが出てきて、私たちは壁際の席に案内された。

「久しぶりに会えてうれしいよ。いきなり葉書とか出したから、びっくりさせただろうね」

「いえ、お便りうれしかったです。あの絵葉書は、どちらの国から送っていただいたものなんですか」

「あれはマレーシアの裏路地の写真なんだ。ジョホール・バルの本屋で売ってて、なんの気なしに買ったんだけど、相変わらず旅行癖が抜けなくて、暇さえあればうろうろしてるんだ。高校までの親の仕事についてく旅行とは違って、一人で行ってるから、アジアのパックツアーみたいなのが多くて」

静かに忍び寄ってきたおじいさんが注文を取り始め、七光殿はすみませんと謝ったあと、急いでメニュー表に目を通し始めた。その間に私が注文した。

「黒カレーのサラダセットをお願いします。ドリンクはホットの紅茶で」

「結構がっつりだね」

「はい、こちらで食べるために昼食を控えめにして備えてきたので。メニューの貼り紙を吟味したところ、この黒カレーが当店イチ押しと書かれ、二重丸がついていたので」

「じゃあ僕も、飯を食べようっと。鯖(さば)の味噌煮とコロッケの定食にしようかな」

「いいですね。美味しそうです」

注文をし終わると七光殿は、椅子に深く腰掛け直して店内を見渡した。

「レトロな雰囲気の、くつろげるお店だね。よく来るの？」

「大学からも自宅からもすぐ近くなのですが、一度も来たことが無かったです。外から見ると少し入りにくいので」

「意外だな。ミルちゃんは一人でどこでも入れるタイプの人かと思ってた」

「大概は大丈夫なのですが、飲食店に関しては保守的で、行き慣れた店に行きがちなタイプです」

斜め向かいの席では年老いた男性が定食を食べながら、顔を上げてテレビの相撲を熱心に見ている。厨房ではおばあさんとおじいさんが注文の品を作ってくれているのが見える。カウンターにはウィスキーなどのミニチュアボトルが並んでいて、店主の並べ癖はここでも発揮されていた。

七光殿と会うことになった、とまね師に伝えると、どんな風になってたか教えてとメッセージが返って来たので、七光殿をよく観察してみた。高校のときに短かった髪は伸ばしていて、襟足近くの一番長い辺りは毛先が肩についている。旅行焼けなのか肌の色は蟬（せみ）の羽のように褐色で、痩せていて、着古したTシャツとジーンズを身に着けている。これも日焼けのせいなのか、黒目の色が以前より色素が薄くなり茶がかっている。薄らひげも生えていた。でも、笑うと目が見えなくなるくらい細くなり、顔全体で笑うところが、高校生のときと変わっていない。足元はサンダルで持ち物はすべてジーンズのポケットに入っているのか手ぶらである。

「なんだか普通に昔みたいに話せて、今ほっとしてるよ。もっと早くにこうやって話せれば良かった。葉書は、急にミルちゃんに便りを書きたくなって、書いて送ったんだ。海外に行ったときだけ勇気が出るなんて、情けない話だけど」

七光殿が笑いながら首筋を手でさすった。

「高校のときはうまく話しかけられなくなってしまってごめん。普段通りに接するのが良いなって思ってたんだけど、なんだかできなくて。ミルちゃんから話しかけてくれたこともあったのに」

七光殿が告白してきたのは、高校二年生の夏休み前だった。

『小学生の頃から好きでした。もし良かったら、付き合ってください』

学校からの帰り、一人で歩いていたら、七光殿に呼び止められて、道の端でそう言われた。彼とは家も近所で道で会うことも多く、そのときには挨拶していたけれど、まさか突然告白されるとは思っていなくて、しばらく無言で立ちつくしていた。今と違い髪の毛の短かった七光殿は、戦いを挑むような真剣な瞳で私を見つめていたが、しばらくすると金縛りが解けたように謝りだした。

「あ、いきなりこんなこと言われても、意味分かんないよね。えーと僕は小学生の頃からずっと変わらずに、周りに流されず、一本筋の通ったようなミルちゃんが、良いなと思ってたんだけど、なかなか勇気が出なくてずっと言えずにいました。もし良かったら、ぜひ、お願いします！　また、いつでもいいので、返事もらえるとうれしいです！」

七光殿は一気にそれだけ言うと、自分の家の方向へと走ってゆき、私も同じ道なので私は彼の背中を追う形になったが、猛ダッシュをかけたのか瞬く間に見えなくなった。

とっさに彼との印象的な会話を思い出そうとしたが、一つも出て来なかった。彼が私を好きだとは、まったく気づかずに過ごしていた。確かに年賀状をくれたり教室で話しかけてきたりと、学校生活においてもっとも接触の多い男子ではあったが、ときどき話し交わす会話も天気がどうだとか授業が難しいとかばかりで、好きだの嫌いだのに関連した話はまったく出て来なかった。

　また正面から告白されたのも初めてだった。高校一年生の冬に廊下を歩いていたら、素行の悪いと評判の一学年上の男子に、その仲間に囃し立てられながら「付き合わない？」と訊かれたことはあったが、あれは告白というよりナンパの一種だろう。七光殿に返事をすべく、男女の付き合いや高校生の恋愛感情について、図書館の書物を繰ったりまね師に質問したりして、知識を深めようとしたが、どれもちんぷんかんぷんな内容ばかりだった。

「海松子はさ、森田くんのこと好きなの？」

「分かりません。ときどき話すのは、楽しいですが」

「それぐらいの気持ちしかないのに付き合い始めたら、相手に失礼だよ。だってあっちは小学生の頃から海松子が好きなんでしょ？　すごく一途じゃない。なのに中途半端な気持ちしか無いのに付き合い始めたら、森田くんを結果的に裏切ることになるよ」

「確かにそうですね」

まね師の言葉に一理ある、と思った私は七光殿に、お付き合いはできないと伝えた。

その直後、まね師と七光殿が付き合い始めたらしいが、私が知ったのは彼らが夏休みいっぱいで別れたあと、二学期が始まってクラスの女子たちが話しかけてきたときだった。

「片井さん、萌音と森田くんが夏休みの間に付き合ってたこと知ってる？　森田くんって誰がどう見ても片井さんが好きだったのに、萌音が取っちゃったんだね。親友のことを想(おも)ってる人を取るなんて、萌音ってサイテーだよね」

彼女たちはどうやら七光殿が私に告白し、私が付き合えないと返事したことは知らず、まね師と七光殿の交際の事実のみを知っているらしかった。まね師が真相を私に語ったのはそのあとだ。

「小学生の頃から海松子が好きだった、って聞いて、うらやましくなって奏樹に告白しちゃった。奏樹も海松子にふられて苦しかったみたいで、OKしてくれたけど、私たち、あんまり上手くいかなかった。なんか二人の気持ちを引(ひ)っ掻(か)き回しちゃったみたいで、ごめん。男の人の気を惹(ひ)くのが上手だからって、私、いけない子だよね。でも私と奏樹の間には、特になんにも無かったから安心して」

私としては七光殿と付き合っているわけでもないし、なぜまね師が謝るのか理解できず、またなぜ安心の必要があるのかも分からなかったが、話しているときにまね師が目なかった。

に涙をためていたので、余計な詮索はやめた。七光殿とはその後、ちゃんと話すことは

「ミルちゃんは、雰囲気変わったよね？　疲れてる？」

七光殿が遠慮がちなトーンの声で訊いてきて、高校のときの思い出から引き戻された。

「いえ、すこぶる元気です」

「そっか。僕はいまの感じも好きだけど、大学に入ってから何かあったの？」

まね師に訊かれたのと同じ質問だ。本当に私には、高校卒業と大学入学の間に、一体何があったのだろう。こちらが訊きたいくらいだ。

「大学にはなんの不満もありませんが。今のところ欠席した授業は一つもありませんし、毎日八時間は睡眠を確保して、食事も朝昼晩ときちんと取っています」

注文の品が運ばれてきて、私は平べったいスプーンで、黒いカレールーに小さい牛肉や角切りのコロコロしたじゃがいもが入っている、シンプルなカレーをすくって食べた。黒こしょうがきいて控えめな焦げがほろ苦いルーと、よく煮込んだ角切りの牛肉が上手くマッチして、とても美味しい。七光殿の定食も、丸く膨らんだポテトコロッケと、小鉢の切り干し大根、味がよく染み込んでいそうな鯖が美味しそうで、次回来店した際はこれを頼もうと心に決めた。

扉が開いて年老いた女性が一人入ってきて、いらっしゃいませ、あらあ岡崎(おかざき)さん暑い

なかどうもありがとう、と厨房のおばあさんの声が続いた。岡崎さんというらしい総白髪のおばあちゃんは、現在のこの店内でおそらく最高齢で、出入り口からもっとも近い席に座った。

「前に頼んだのと同じのが、また食べたいねえ」

岡崎さんが言い、注文を取りにきたおじいさんが首をひねる。

「前回？　なに頼まれましたっけ。覚えてないなぁ」

「なんだっけねえ、忘れちゃった。名前がここまで出て来てるんだけど思い出せないのよ。あれがもう一度食べたいんだけどねぇ。氷でじゃらじゃらしていて、夏が始まったら加わった甘味だよ」

「メニュー表に載ってないかい？」

おじいさんに促されて岡崎さんがメニュー表に目を通す。

「ありゃ、メニュー表には載ってないねぇ。確か苺の味で、じゃらじゃらしてたんだけど」

おじいさんが厨房の、妻であろうおばあさんに声を飛ばす。

「岡崎さん、注文したいけど、名前思い出せないらしい。じゃらじゃらしてたらしいけど」

「じゃらじゃら？　かき氷かい？」

厨房から声が飛ぶ。おばあさんの声が一番大きい。

「かき氷？　なんだかもっと凝った味だったような気もするけれど。じゃあかき氷の苺味で」

「ちょっと待ってください。もしかして頼みたいのは苺のジェラート練乳がけではないですか？」

私はメニュー表を持って立ちあがった。

「おっしゃっていた、苺味でじゃらじゃらしてる、という特徴が、食感ではなくメニュー名にちょっと当てはまっています。かき氷についてはメニュー表に記載がありますが、苺のジェラート練乳がけは、店の窓のメニューの貼り紙でしか見かけませんでした。メニュー表に載ってないのであれば、苺のかき氷ではなく、こちらの品の方ではないでしょうか？」

「ああ、それそれ。その苺のジェラなんとかをもう一度食べたくてね」

「かしこまりました」

ぶじオーダーが通り、岡崎さんからお礼を言われた私が満足して席につくと、前かがみになって、七光殿が小声で話しかけてきた。

「すごい、よく分かったね。お店の人でも分からなかったのに」

「店先で待っている際にメニューの貼り紙を熟読していたものですから」

甘味の話を聞いているうちに、私もデザートが食べたくなってきた。黒カレーは煮込んで熟成されたルーが主役で、あまり具が入っていなかったので、いけると思いあんみつを頼んだ。七光殿にデザートはどうかと訊くと、食後のコーヒーを飲んでいた七光殿は笑いながら首を振った。

「そこは苺のジェラート練乳がけではないんだ」

「はい、私はいまは和のものが食べたい気分です」

あんみつは注文するとすぐに出てきた。ねっとりしたつぶあん、すっぱいみかん、もっちりして柔らかいぎゅうひ。華やかな具がたくさん並んでいるのに、どこか漬物のような、丸く押し込められた、陰のある雰囲気もあんみつの魅力だ。

「ミルちゃんは、夏休みはどんな風に過ごす予定？」

「アルバイトをしている塾の夏期講習が始まるので、まずはそれが最優先ですね。他は特に予定は無いのですが、萌音と旅行に行くかもしれません」

「萌音って、祝井さんだよね。そうか、二人とも同じ大学に行ったたって聞いてたけど、いまも友達関係がずっと続いてるんだね。良かった」

七光殿は改まって姿勢を正し、真剣な表情で頭を下げた。

「高二のとき僕が判断を誤って、二人に失礼なことをしてしまって、本当にごめん。ミルちゃんにも祝井さんにも、すごく迷惑をかけた。二人が今でも仲が良いって聞いて、すごくうれしいよ」

「大丈夫です。あなたは謝るようなことを、していないから。萌音と私は特に仲が良いわけではないけれど、一緒に居るのが普通なんです。萌音のワガママぶりは大学生になっても健在で、旅行先を私に見つけてこいと言ってきたのですが、どこか良い場所をご存じないですか？　細かい条件を言うと、夏っぽくて、地元の美味しいものが食べられて、ちゃんと観光もできて、レンタカー乗り回して絶景を見渡せて、海で遊べて、ナンパをされそうな場所が良いそうです」

　七光殿は眉根を寄せて考え込んだ。

「うーん、条件は細かいけど南の方に行けば意外とそういう観光地はたくさんあるから、逆に絞るのが難しいな。あっ、そうだ！　与野島はどうかな？　ナンパについては分からないけど、他の条件はすべて当てはまっていて、景色と海が最高に綺麗だよ。

　あの島には父が会員になっているホテルがあるんだ。ちょっとおんぼろなのが玉に瑕なんだけど、海岸沿いにあるから海にはすぐ遊びに行けるし、景色も良いよ。高校のときのお詫びもかねて、二人を招待するよ。何泊でも大丈夫、遠いから飛行機代がかかるとは思うけど、朝食と夕食もつけることができるよ」

「与野島というと、鹿児島県の離島ですか」

「そうそう！　小さな遠い島なのによく知っているね」

「昔、日本最南端の島に認定されていたということで、有名だったと思います」

「あの島はかなり昔にとてもブームになった島でね、あの頃は海水浴客がたくさん訪れて、浜辺がビーチパラソルだらけになってたんだ。今はずいぶん落ち着いて、観光で行く人はめずらしくなったかもしれないけど、相変わらず空も海も真っ青で、島の人たちも呑気(のんき)で優しくしてくれて、天国のように居心地の良い島だよ」

与野島によほど良い思い出があるのか、七光殿の目がうっとりとし始めた。

「では、一緒に行って下さいませんか」

「えっ、僕が!?」

「与野島がお好きでよくご存じのようですし、一緒に遊びつつ、案内役もしていただけると助かります。初めて行く島で、萌音の欲望をすべて満たす旅行にできるかどうか、私も下調べはするつもりですが、少し不安で」

「そりゃ僕は与野島へは小さい頃からよく行ってるし、詳しいけど……。僕が行っても、その、二人的には大丈夫な雰囲気なのかな？　祝井さんが嫌がらないといいんだけど」

「では萌音に、どう思うか訊いてみます。ちなみに私はあなたが来て下さるのは大歓迎です」

「そっか、それはうれしいな、そりゃ僕も行きたいけど……。うん、祝井さんに訊いてみてくれるとありがたいな」

「了解しました」

ワッとテレビから歓声があがって、見ると相撲の取り組みが始まっていて、客の老人も、苺のジェラート練乳がけを食べている途中の岡崎さんも、厨房に居る二人も、画面に釘づけになっていた。自然と私たちも決着がつくまで無言で見守った。決まり手は上手投げで勝負が決まると、応援していた方が勝ったらしい客の老人は静かにガッツポーズをして、店の二人は無表情のまま仕事に戻り、画面のなかでは投げ飛ばされた力士が胸から腹にかけて大きく土をつけた姿で立ち上がった。画面から目を離し正面に向き直るタイミングで、七光殿と目が合い、彼が微笑んだ。普通に話せるようになってうれしいのは、彼だけでなく、私もだ。

＊

日本書紀の授業が始まる直前、席について準備をしていると、教室に私が入ってきた。私はどんどん近づいてきたかと思うと、私の隣に座り、私とまったく同じ動作で、同じ鞄からテキストを取り出し準備を始めた。先に筆記用具、あとからノート、クリアファイルと、机の右側に並べる順番も同じで、準備が終わると首を左右に倒してから背筋を伸ばす仕草まで完璧になぞった。

服装が瓜二つで、私より小柄な私は、私そっくりな顔でこちらを見上げると舌を出した。

「びっくりした！　萌音ですか。鏡のなかから自分が出てきたのかと思いました」

「久しぶりにあんたの真似してみたんだよ。どう？　めっちゃ似てるでしょ」

「はい、鏡を見ているようです。私の顔に、整形したんですか」

「そんなわけないでしょ！　メイクよ、メイク」

教授が教室へやって来て授業を始めたため、彼女との会話は一旦途切れた。化粧とは思えないほど、骨格からして私の顔面に似ている。どうすればあんなにも他人の顔面に寄せられるのだろう。教壇の方を向く彼女の横顔を見ると、正面から見たときほど似ていないのも不思議だ。だまし絵みたいなものだろうか。よく観察した結果、やや濃い茶色の化粧品で頰に陰影を作り、私の太くて長い眉を緻密に真似ているため完成度が上がっているのに気づいた。

授業が終わり、私は改めてまね師の全身を見つめて、服装だけでなく鞄などの持ち物も私のと似たものを揃えているのを確認した。

「規則性があるからね、あんたのコーデには。ものすごく少ない数の服を春からずっと着回してるでしょ」

確かに私はまね師が言う通り、半ば機械的に手持ちの服を着回していた。その方が朝の支度が滞りなく進むからだ。

「なんでもう夏なのに半袖のセーターや長袖のブラウスを着てる日があるのか、すごく不思議だった。でも同じのをネットで探していくうちに気づいた、昨年の冬の福袋だったんだね、フリマサイトで同じ品がいっぱい落ちてたよ」

「その通りです」

入学に備えて必要な品を買い揃えていたとき、冬のバーゲンの売れ残りの福袋を見つけた。全部で三種類あり、店頭にて福袋一つにつき三パターンの着回しができると写真つきで紹介してあったので、キュート、クール、カジュアルの全種類を購入した。夏の福袋が販売されると、それも通販で買って三種類揃えた。入学してから今まで、各九パターンを順繰りに組み合わせて通学していた。

「化粧っけのまったく無い顔も再現してみた。素顔でいけば似るかなとも思ったけど、ぼさぼさの眉毛にするために描き足したり、血の気の失せた唇にするためにベージュのリップ塗ったり、わりと大変だった。それより私を見て、ねえ、なんか感じない？」

「すごい才能だと思いますよ。完璧なコピー人間ですね。仕事としてその能力を生かせば、成功するんじゃないですか？　私の明るくない分野なのでよく知りませんが、たとえばスタイリストや、ファッション雑誌の編集者を目指すのはどうでしょう」

「いいかもね！　私のおしゃばけスキルを生かせるのは、それ系の業界かも」

「おしゃばけスキル？」

「おしゃれに化ける力！　情報はいくらでも転がってる現代で、何もリサーチしないで、ぼさっとしてるのはただの怠慢。豊富なおしゃれ知識と磨かれたセンス、そして地道な努力を欠かさない女子が、本物美人よりステキになれる時代なの。まあ今日はおしゃばけじゃなくて、ださばけしたんだけどね。ねえ、私を見て。どう？　とんでもなくヤバい女子に見えない？」

私はまね師を上から下まで見てみたが、違和感は露ほどもない。

「簡素でさっぱりして良いと思います」

「自画自賛かよ。高校のときも私は大概あんたの模倣ばっかしてたよ。でも今みたいな残念な外見じゃなかったでしょ。高校のときのあんたは制服だったけど、もっとおしゃれで細部に気を遣ってたよ。長い髪の毛綺麗におしゃれに結い上げて、鞄も靴も上等な伝統のあるブランドのもの持ってた。私、うらやましくて必死にコピー品探して集めたんだから」

「髪は毎朝母がセットしていて、身の回りの品も母が買い揃えてくれました。私の小遣いで買ったものではなかったので、おおかた返却しましたが。美容にも関心のある人なので、そちらの方面でもおせわになりました」

まね師は口を大きく開いて私を凝視していたが、猛烈な勢いで頷き始めた。

「あ〜！　つながった、ようやくつながったわ！　あんたってファッションとか身だしなみとか全然興味無さそうなのに、妙に品の良い私服を着てたり、可愛い髪型で学校来たり、肌の手入れちゃんとしてたり。あれ全部あんたのお母さんのセンスだったの！　長年の謎が解けたわ、すごく不思議だったんだもん。で、大学入ってお母さんに見捨てられた途端に変貌しちゃったわけか。どうしたの静かになっちゃって」

「私は母に見捨てられたんでしょうか」

「あ、そっち？　いや私は片井家の事情は知らないからよく分からないけど。いま全ての謎が解けた！　高校のとき、ずっとすごくすごく謎だったんだよね、海松子の洗練された外見と中身とのギャップが。ファッション雑誌とか一切読んでなさそうなのになんでそんなセンス良いの、って訊きたくてしょうがなかったけど、同じものを買いたいから探りを入れてると思われたら嫌だなって、プライドがじゃまして、どうしても訊けなかった。そうか、お母さんがあの頃のあんたを全て仕上げてたのか。家に行ったときに会ったけど、すてきなお母さんだったもんね」

　母は私の外見に関すること全てを取り仕切っていて、朝は朝食を取る私の髪を結い、着てゆく服や持ち物は全部用意してくれて、私はただそれらを身に着け、持って学校へ行きさえすれば良かった。母は何度か、本当にこのままで良いのかと私に尋ね、私は一切不満が無かったのでその旨を伝えると、一連の支度は高校を卒業するまで続いた。その制度が無くなり、私自身は大した変化は感じていないが、まね師はまね師なりに私が変貌した件についての謎が解けたようなので良かった。

「あの、もう一度尋ねますが、私は母に見捨てられたのでしょうか」

「あんたらの親子関係なんて私が分かるわけないでしょ。それより今のあんたの真似をするのが、どれだけ難しかったか聞いてよ。服は今年発売されたものだったし、量産されてたから見つけやすかった。難しかったのはこの鞄よ。あんたのは古ぼけて汚れてて元の色もよく分からないし、型崩れもしてるし。消えかけのロゴでやっとメーカー特定したけど、同じ型のはとっくの昔に廃番になってた。それ、いつごろ買ったの？」

「小遣いで初めて買った鞄だったので、小学六年生ですね」

「古っ！　見つからないはずだわ、物持ち良すぎ。仕方ないから似たようなジャンク品を十円でオークションで落とした。あとは爪もあんたと同じように深爪ぎりぎりまで切り揃えて、髪の毛も艶のない真っ黒を表現するためにヘアーカラースプレーを振りかけてきた」

「そんな細部まで再現していただいたとは、頭の下がる思いです。おつかれさまです」

次の授業を受けるために学生たちが教室に入ってきたので、私たちは外に出て、次に目指す教室はお互い別々であるが、話が終わっていないのでとりあえず連れ立って廊下を歩いた。双子コーデの私たちとすれ違う人は振り返って眺めているが、まね師は話に夢中で気にしている様子はない。

歩き方まで真似しているつもりなのか、まね師はいつもより大股でがさつに早足で歩いた。横を通り過ぎた男子学生が、振り返ってまで私たちを見ている。よほど似ているのだろう。

「大体なんで一人暮らしなんて始めたの。あんたの実家、この大学まで自転車で通える距離でしょ。一人暮らし自体はうらやましいし、私だって私に暗い愚痴ばっかり言ってくる、私をゴミ箱と勘違いしてるうちの母親と離れられるならぜひしたいけど、あんたはお母さんいなくなってマイナスに働いてるじゃん」

「自転車で通えるほどは近くないですよ。実家も大学も駅が近いので、電車に四駅分乗った方が毎日の通学には便利ですね。私は自主的に一人暮らしを始めたのではなく、大学合格後に両親に言い渡されたのです。おそらく一人で生きていけるように、人生修行の一環なのでしょう。料理、掃除、洗濯といった基本的な家事はできるようになったので、有意義な修行だったと思います」

「だった、ってことは、また実家に戻るの？」

「戻りたいですね。両親が私の一人暮らしの終了を認めてくれたら、すぐにでも戻りたいです」

いままですべて母にやってもらっていた身の回りのことを自分でやるようになったこ

とは、少しも大変ではなかった。毎日同じ作業を決まった時間にこなすことは、むしろ自分の性格に向いていた。しかし、たとえば夕食を食べ終わったあとの家族の団らんのひとときや、朝に父と私があわただしく出て行くのを見守る母、計画を立てて家族三人で行きたい場所へ出かける休日などが恋しい。実家の空気が懐かしい。

「ふうん。じゃあ一人暮らししてる間に、一度泊まりに行かせてよ。私は一分だって自分ちに長く居たくないから」

「いいですよ。日にちが決まれば、学校から一緒に帰りましょう」

「うん。はー、でも全力であんたを真似ると快感だった。いままでどんな人に擬態してもあまりにそっくりだと周りから引かれると思って、六割程度におさめてたけど、今回はフルスイングでカッ飛ばせて爽快」

「いつもは実力を出し切れないんですね」

「周りがあれこれうるさいから。大体みんな勝手なんだよね。自分のファッションとかライフスタイルとか、これでもかっていうくらい好きなだけ写真に撮ってネットにあげてるのに、そっくりそのまま真似されるのは嫌なんて。ずっとつるんでたクラスの子たちだってそう、人の話なんて全然聞かないで、昨日あれ買った、どこ行った、どんな人と付き合ってるって自慢ばっかりで、私はにこにこして最後まで聞いてあげて、そこから学んで、自分の人生に生かしてただけなのに、いざ自分より私の方が得してそうな雰囲気が伝わると、目の色変えて〝パクられてる〟って騒ぐ。真似されたくなきゃ、彼氏とられたくなきゃ、もっと用心して秘密にしてればいいのに。自己発信して自慢はしたいのに、その代償までは考えない人が多すぎ」

「私のことはいくらでも真似していいですよ」

「じゃあ私が憧れるような海松子にもう一度戻ってよ」

「了解しました」

と返事したものの、どうすれば戻れるのか、見当がつかない。母に頼むにしても、現在は住んでいる場所が別々なのだから、前のようにはいかないだろう。

「とりあえず私の件は、一旦措いておいて。たとえば芸能人などを真似れば、誰も気にしないのでは？　身近な人間を真似るから軋轢が生じるのであって」

「めずらしくまともな意見だね。でもさぁ関係性が薄いと、なんか燃えないいんだわ。芸能人なんかテレビのなかの人でしょ。毎日会う距離にいるからこそ、コピりたくなる、というか。私と同じ世界にいて、ほとんど同じ立場なのに私より人気者な人の存在が気になる、そっくりになりたい、というか」

「さすが、まね師ですね」

思わず口をすべらせて〝脳内あだ名〟を言ってしまうと、まね師の目が鋭く光った。

「なに、まねしって」

「真似の師匠で、まね師です」

「じゃなくて、まね師って私のこと？」

「はい」

「はあ？　陰で私のこと、そんなあだ名で呼んでたの!?　いつから!?」

「頭のなかでだけです。高校の頃からです」

まね師は私の肩を思いきり突いた。自分そっくりの人間にどつかれてよろめくなんて、稀有な体験だ。

「むかつく。私だってあんたのこと、実は変なあだ名で呼んでたし。クソデカ女、クソ……クソのっぽ！　って呼んでた」

なんとなく呼び慣れていない雰囲気が伝わってくる。まね師が私のことをクソのっぽと呼んでいたというのは、私に対抗して言っただけの嘘ではないだろうか。だとすれば、少し、罪悪感を抱く。私は紛れもなく彼女を何年も〝まね師〟と頭のなかで呼び続けてきたからだ。

「むかつく、どいつもこいつも。高校のときの女グループは陰で私のこと〝コピペ〟って呼んでたらしいけど、変なあだ名ばっかりつけて。ねえもしかして、ネットに私の悪口書き込んだのって、あんたでしょ。友達のふりして、脳内では小馬鹿にしたあだ名で呼んでるような女だもんね」

「違います。私はそもそもインターネットをほとんど利用しないので」

「そっか。確かに高校のときからあんたがネットのページ開いてるの見たことないや。マップ機能さえ使わなくて、未だに紙地図派だもんね」

「はい。今日もポケット版の東京超詳細地図を持参しています」

「となると、犯人はやっぱハルナかな。あいつが率先して私のことコピペって呼び始めたし。書き込みには、高校時代の私の悪事がいやに詳しく書いてあったんだよね。しかも全部当たってたし。あいつ高校時代から、いやにねちっこく私のこと責めてたもんなぁ」

　まね師の口から、高校時代彼女と犬猿の仲だった、懐かしいクラスメイトの名前が転がり出た。

「根拠なくハルナさんを疑うのは良くないと思います」

「根拠は確かに無いけど。てか、とにかく海松子！　人のことを脳内で変なあだ名で呼ぶのはやめなさい！　馬鹿にすんな！」

　エレベーターで一階まで降りたあと、購買部に寄るというまね師と手を振って別れた。私と同じ姿形で手を振るまね師はとてもユーモラスで、再び彼女が自分の日常に戻ってきたことを大変うれしく感じた。まね師は人の個性を剽窃しがちだが、いつも全力で生きている。彼女と話すと一人で無言でいるときよりも倍速で時間が進んで、一日がぎゅっと濃くなる。淡々と通うのみだった大学の景色に色がつき、学生たちもただ脇を通り過ぎる存在ではなく、彼らから息遣いや笑い声が聞こえ始めた。一人でいても支障は少しもないと思って大学に通っていたけれど。まね師に、いや萌音に呆れられないためにも、これからは脳内でも、人をあだ名で呼ぶのはやめよう。

＊

夏期講習のプログラムが決定し、続々と受け持ちが決まっていくなか、夏休み中のほとんどの日に出勤できると伝えた私は、塾長にありがたいと感謝され、久しぶりに小学校低学年だけでなく、上級の学年も担当することになった。しかしシフトが決まった翌週に塾へ出勤すると、私が受け持つはずだった中学生、高校生の授業がすべて赤いペンでばつ印をつけられていた。

「片井先生だと嫌だ、ってクレームが来たんですって、しかも何人もの生徒から。おかげで私がお盆の直前まで授業に入らないといけなくなったんですよ、他の先生はもうシフトが決まっちゃってたから。あ～やだやだ、ほんとにもう、嫌われてるなら自覚して改めてほしいなぁ」

講師歴の長い三十六歳の原先生が、迷惑そうに嘆いている。塾長が、まあまあ、と彼女を宥めていた。

「えり好みしすぎる生徒たちも考えものなんですよ、片井先生は真面目に授業はやってるわけだから。原先生みたいにどの学年の生徒たちにも信頼されているのが一番ですけどね。片井先生、かわりといいっちゃなんですが、小学生の特別教室はすべて受け持ってもらって良いですか」

「はい、受け持ちます。原先生、ご迷惑おかけしてすみません」

頭を下げたあと、職員室から出たが、今までにないショックを受けて、まっすぐ歩けなくなり、廊下をジグザグに歩いた。嫌われているのは気づいていたが、まさか受け持つと決まったあとでも交替しなければいけないほどのクレームが来たとは。通常、担当の講師の割り振りにまで生徒が口を出す権限はない。担当を選ぶ際に塾長が諸事情を考慮することはあるが、決まったあとに変更はできないはずだ。

まさか生徒だけでなく親からもクレームが来たとか？　せっかく高い授業料を払っているのに、片井先生が担当では意味がない、と。後ろから塾長が廊下を歩いてきたので、思わず引き止めて、複数のクラスの担当を降ろされた経緯について尋ねた。

「そんなに落ち込まなくて良いですよ、片井先生。どうも話を聞くとね、高三の一部の女子たちが、他の学年の生徒にも片井先生降ろしに協力するよう圧をかけたみたいです。塾としても困ってる子たちでね、塾で最年長だといってても幅をきかせすぎで。受験勉強も一生懸命せずに、ストレスのはけ口として、ここで威張ってるんだから、困ったものです。逆に小学生たちは片井先生だと理解が進むと喜んでいたので、大丈夫ですよ。元気出して」

いつもは厳しい塾長が意外にも優しい言葉をかけてきたので、私はふいに泣きそうになったが、生徒の目もあるので伏し目でお辞儀して去った。

今日も教師になるための授業である教育概論を受けながら、つい塾での高校生を受け持った際の授業の有様を思い出して、胸が痛んでしまう。

私は本当に教師に適しているのだろうか。

＊

大学での前期のテスト期間が終わり夏休みに入る前に、他大学で教授をしている父の特別講義を、内緒で見に行くことにした。父は私が生まれた頃からずっと大学で学生を教えていたが、私はまだ一度も授業を見たことがない。教育学部を選んだのは私自身も卒業後には教師になりたいからで、将来の参考のためにも父の教えぶりをこの目で見ておきたい。

他大学の者が授業を受けるのは許されていないので、父には知らせずにインターネットで授業時間を調べて、大人数での講義の教室へもぐり込んだ。幸いＩＤチェックなどはなく、目立たないよう後方の席に座り、父がやって来るのを待った。

授業の時間になると定刻通り父は教室に入ってきたが、学生たちのおしゃべりは、それまでとまったく変わらない音量で引き続いた。父の姿に気づいているはずなのに、まるきり無視して仲間とけたたましい笑い声を上げる学生もいる。なかには父が入ってきた途端、机の上を綺麗さっぱりと片づけて、ではおやすみと言わんばかりに慣れた動作でうつ伏せになって、本格的な睡眠に入る者もいた。教室に入ったときはほぼ満員の学生たちの数の多さに、父の授業の人気ぶりを感じて誇らしかったが、なんだか思っていたのと違う。父が厳粛な面持ちで教材を抱えて教室に入ってきたのに、学生たちは弛緩しきっている。

父が「縄文・弥生時代の衣食住」についての講義を始めても、学生たちがちっとも静かにしないので、後方の席だと声がかき消されて聞こえない。他の学生も困っているだろうと辺りを見回すと、後方の座席の学生たちは皆一様に携帯をいじって、講義を聞く気も無さそうだからまったく問題なかった。

父がマイクを使い始めてなんとか内容は聞き取れるようになったが、途中で何も言わずに出て行く学生あり、お菓子を食べたり化粧をする学生あり。電子音を消さずにゲームをしたり、動画を見ている学生まで居た。まるで繁華街のなかでふと耳にした音楽をなんとか聴き取りたくて、その曲の流れている店の前で耳を澄ますほどの集中力が必要だった。父は家では自分の授業について語ったことは一度も無かったので、まさかこんな風になっているとは知らなかった。

父は縄文・弥生時代の専門書を何冊も出している学者なのに。大学が休みのときには海外での学会に招待され、地元の新聞でインタビューされるほどの評価を受けているのに。香港（ホンコン）での学会のときは母と共に同行したが、政府関係の行事なども行われる大きな会場で父が話し出すと、聴いている研究者や記者は一斉にメモを取り出して、最後の質疑応答でも、たくさんの手が挙がり、終了時間は延長された。母も私も発表が終わってもホテルに帰らず、会場の隅から、通訳を通して各国の学者たちと話をしている父を尊敬の念を込めて眺めていた。まさかあの父が、大学生たちからはこんな扱いを受けているなんて……。

父は学生たちの反応などまったくお構いなしで、ひたすら淡々と授業を進めている。普通これだけ騒がしいと他の教師なら、注意したり、教室が静まるまで黙して注意をひこうとしたりするが、父は無表情のまま語り続け、ときどき振り返っては、美しい楷書文字をホワイトボードに書きつける。

授業が終了する頃には上下に分かれている大きなホワイトボードに隙間なく稲作の歴史が綴（つづ）られていて、私はせめてもの思いでノートに全てをきっちり書き写した。終了のベルが鳴ると同時に立ち上がって、父に挨拶もせず教室を出て行く学生たちに囲まれて、私は呆然と座っていた。授業はほとんど頭に入ってこなかった。

他の大学の授業に潜入している身で父に話しかけるのは憚られて、教室で帰り支度をしながらこれからどうしようかと思っていると、携帯に父から電話が入った。私が授業にもぐり込んでいるのを教壇に立って授業をしている際に気がついたらしい。

教授室のドアをノックすると、父の声が返ってきたのでなかへ入った。どう声をかけて良いのか迷ったが、父はいつもと変わらない表情で私に来客用の椅子を勧めた。

「来るなら前もって言ってくれればいいのに。皆の顔のなかに、見慣れたお前の顔がまぎれ込んでいて、びっくりしたじゃないか」

「すみません。授業を受けると言うと、違反だからいけないと止められるのではないかと思い、言いだせませんでした」

「止めはしないよ。でもなぜいまごろ私の授業を見に来たんだい」

父の出してくれたコーヒーを飲みながら塾の授業について相談すると、父はこめかみの辺りを片手で支えながら、真剣な表情で聞いた。

「私の授業風景はさっき海松子が見た通りのものだ。今日が特別だったわけじゃない、いつもああだし、もっと言えば、大学で授業を受け持った当初からあのような感じだよ。学生の大半は私の授業を真面目に聞かない。しかしそれは大きな問題ではない。

問題は授業が続行できなくなることだ。授業が滞って、期間中にカリキュラムが終わらないことだ。それ以外はすべて、大した問題ではない。どのような状況にあっても授業は進める、それが私の役割だ。授業を何度かするうちに、なんとか学生を惹きつける授業をしてみようとか、学生の要望を積極的に聞いて授業に生かそうなどと考えつくだろう。しかし学生に迎合する授業は、喜びや楽しみを生むが憂いや退屈も生む。要望に応えればきりがない。世の中の遊戯や娯楽や快楽に、満足を覚えることなく、心惹かれることなく、身の装飾を離れて、真実を語り、犀の角のようにただ独り歩め」犀の角のように……、は父がよく口にするフレーズで、ブッダのことばだった。父の書棚にあり、私も読んだことがある。

「誰か一人くらいは聞いている人間がいるかもしれん、と」

頷きながらも、自分の受け持ちの授業なのに、父が街頭のビラ配りの人と同じくらいしか学生には期待していない事実に衝撃を受けた。この人は自分のしたいことしかしていない。私もそのスタイルでいこう。

「騒いでいる学生に比べると目立たないが、おとなしくちゃんと授業を聞いて理解している学生も何人かはいる。彼らの静かな熱意に応えるためにも、授業は続けなければならない。そのような子たちは人知れず青春の悩みを抱えている場合も多いから、私が講義の合間に少し話した偉人の格言をよく覚えていて、カリキュラムが全て済んだあとに私の元へやってきて〃先生のあの言葉が胸に残りました〃などと言ってきたりする。私は日本の歴史にも縁が深い、ブッダの格言について話すことが多い」

私は、父が学生にないがしろにされているのではと危惧したが、まあないがしろにはされているかもしれないが、父はちゃんと信念を持って、大学内で自分の世界を築いているようだ。自宅の書斎と同じ雰囲気の、古書が山積みになっている教授室からも察することができた。大変参考になったと父に感謝を伝えて、教授室をあとにした。

＊

旅行についての話を詰めよう、という目的で私の一人暮らしの部屋に遊びにきた萌音は、部屋を見ると開口一番「何もなさすぎて、取調室みたい」と言った。そこまで殺風景ではないはずだ、と思いながら塩羊羹（しおようかん）と緑茶を出すと、萌音は喜んで食べた。

先日の奏樹との会話のなかで出た、与野島旅行案を彼女に話すと、

「えっなに、その旅行における私のポジション。当て馬じゃない？　くっつけ役じゃない？」

そう叫び、萌音はカーペットに突っ伏して、もだえた。

「ラブストーリーの脇役みたいな役割、大っ嫌いなんだけどな。でも与野島とか行って

みたい。私、沖縄行ってみたかったし」

「沖縄じゃなくて、鹿児島の島らしいですよ」

聞いているのかいないのか、萌音は立ち上がると両手を左に右にと踊るように動かした。昆布の真似かと聞いたら、カチャーシーだよ、知らないの？　と答えが返ってきた。

「行ってもいいんだけどさ、でもなんかみじめじゃない？　私は私で今年の夏から恋を始めたいのに、くっつきそうな男女に囲まれて旅するなんて。てか奏樹は、短かったけど、なんも無かったけど、一応元カレでもあるんだし！」

「萌音が行きたくないなら、無理強いはしませんよ。奏樹もそう言っていました」

「迷うなー。宿泊代タダっていうのもありがたいし。ちょっと心苦しいけど、奏樹のお父さんすごい人みたいだから、恩恵にあずからせてほしいのもあるなー」

奏樹の父親は大手自動車メーカーの取締役だと聞いていた。森田家の屋敷は隣町では群を抜いて大きかったので、存在感があり目立った。高い塀で囲われているので全貌は見えないものの、広大な庭の向こうに近未来的で洗練されたデザインの建物が建っているのが、ちらりと見える屋根部分で分かった。

私たちは携帯で旅行サイトにアクセスし、海に近い場所にある様々なホテルや旅館のプランを見てみたが、どこも予約でいっぱいか、夏休み料金で途方もなく高くなっているかだった。

「満室ばっかり！　どこも空いてないし」

「探し始めるのが遅すぎるんですよ」

「私ほとんど旅行とかしたことないから、いつから予約すればいいとか知らなかった」

「九月なら空いてる宿泊施設もありますよ」

「九月だと海入れないし、なんか違う」

宿探しをあきらめた私たちは、やはり奏樹に頼るしかないという結論に達した。

「よし、じゃあ今からあんたの旅行用の服を買いに行こう」

「突然ですね。なぜですか」

「いくら奏樹とはいえ、いまのあんたに会ったら〝なんでおれはこんなのが好きなんだろう。同じ大学のあの子に乗りかえよう〟とか思う絶対」

「この前普段通りの私で彼にお会いしたとこですよ」

「あー、あれは無し！　カウントしない、忘れてもらう。しょうがないなぁ、よし。私があんたを今より少しましにしてあげる。他人をおしゃれにすることなんか興味ないけど、過去の罪滅ぼしのためにひと肌脱ごう。そうだ！　良いターゲットがいるよ、紹介してあげる」

萌音は携帯を取り出してなにやら検索すると、見知らぬ女性の画像を見せた。

「今年うちの大学で、準ミスになった子。綺麗だしファッションセンス良いし、ＳＮＳ

もやってるから取り入れやすいんだけど、背が高めの人用の服が多いのと、いま私はミスのグランプリの子を追ってるから、譲ってあげる。アップされてる写真を見て、良さそうなのをピックアップしてこ」

しゃべりながら萌音の指はすでに動いていて、細かく並んだ大量の画像から一枚、また一枚と保存している。

「できれば誰かの真似ではなく、オリジナルの格好をしたいのですが」

「何言ってんの、自分の好きな服を選んだ結果が、いまのあんたなんでしょ。同じ失敗をくり返すだけ。んー、このワンピースいいな、南国のバケーションって感じで。あ、グッチか。無理。似たようなのモールで探すしかないな。今週末に一緒に見に行こ。バイトで稼いだやつ、持ってきて」

「予算は一万円以内に収めてください」

「なに？」

「バイト代は貯金していますが、服飾代にたくさん使うつもりはありません」

「えー、一万円で上から下まで揃えるなんて絶対無理！　せめて三万円は持ってきて。三万円でも準ミスの服は一着も買えないから、そっくりのを見つけ出すしかないけど」

「だから分相応の服を着ますよ。萌音の好みでいいから、予算内で調達してください」

「私の好みなんて重視するわけないでしょ。私の特技はいかに対象に外見を寄せていくかってとこなんだから。まぁいいや、とりあえず郊外のモールに行こう。現物見たらきっとあんたも欲しくなるから」

他人をおしゃれにすることなど興味がないと言いつつ、萌音の頭のなかは早速今回のプランに向けて動き出したのか、携帯で画像を夢中でチェックしながら帰ろうとするので、事故に巻き込まれないよう注意をうながした。

服選びはあまり気が進まないが、久しぶりに休日に友人と出かける予定があるのがうれしい。萌音の指示通り、土曜日の午前九時少し前にショッピングモール一階の時計台広場へ出かけてゆくと、萌音はすでに到着していた。彼女は私の顔を凝視してきた。

「ひげ生えてる！　日光の下だと目立つ。剃れ！」

「失念していました。帰宅後すみやかに剃りますので」

「頼むよ、やる気なくなるわ。では気を取り直して。どんなファッションコーデでいくか、研究、厳選した結果、今日は準ミスのこのコーデに、海松子を極限まで近づけていきたいと思います」

萌音はA4サイズの大きさにプリントした準ミスの全身画像を、鞄から取り出して私に見せた。

「用意周到ですね。そこは見習いたいところですが、相手が一般人なせいで、ネットストーカーっぽいですね」

「海松子がネットストーカーなんて言葉を知ってることに驚きだわ。ほら、開店した。どうせ金たくさん遣う気無いんでしょ。ならプチプラで良いのは争奪戦になるから、早く行くよ。あと言い忘れてたけど、旅行直前に必ずヘアサロン行って髪整えてね。ロングだから頻繁に切らなくても大丈夫～、なんて幻想だから。髪長くても保つべき形はあるに決まってるでしょ」

　あまり気が乗らなかった。もし自分の好きなおしゃれができるなら、髪を銀杏(いちょう)返しに結ってみたい。読んでいた時代小説に出てきて以来、憧れている。こちらは成人式で晴れ着を着たときに叶(かな)えたいと思うが、晴れの場だと結綿などの髪型にされるかもしれない。なんとなく銀杏返しはカジュアルそうだからだ。しかしカジュアルに銀杏返しで歩くことほど現代社会で難しいことはない。

「ほら、私のバッグ可愛いでしょ。あんたは知らないだろうけどいま人気のブランドの流行モデルで、バイト代はたいて買ったんだから」

　私は萌音の赤いポシェットをじっと見つめてから首を振った。

「このブランドバッグ、本革ではありませんね。ペットの声が聞こえてこない。ニセモノです」

「へえ、分かるんだ！　当たり、これは怪しい海外サイトで買ったスーパーコピー品。

海松子ってファッションに興味ないのに、審美眼はあるんだね」

「審美眼というか、生き物だった頃の、皮の叫びを聞くんです」

「せっかく誉めてるんだから、恐いこと言わないで。さあ行こ！」

夏のセールの時期らしく、広大なモールではあちらこちらで客引きの声やタイムセールの呼びかけなど、若い女性店員の絶叫が響き渡っていて、通路でも十分うるさいが、店内に入ると何も考えられなくなるほどうるさかった。しかし萌音はその声に刺激されるのか、熱心に客引きをしている店ほど飛び込んでいって、ワゴンのなかでしっちゃかめっちゃかになった大量の服を掻き回している。

車がトンネルに入ったときのラジオのように、脳波がノイズだらけになり乱れてゆく。目の前に砂嵐が起こったごとく視界も悪くなった。

製造元と値段が違うだけで、私にはまったく同じに見える茶色の合皮のバッグを三つ候補にして、萌音が「どれが良い？」と尋ねてきたときは目眩すら覚えた。

午後二時、萌音が一休みしようと二階のコーヒーショップに入ったときには、私は息が浅くなってひどい頭痛がして、ものが三重に見えた。結局巨大な三階建てのモール内の全店舗、飲食店や家電量販店や携帯電話ショップなど以外の衣料品店にはほとんど全てに入ったのではないだろうか。萌音の探求心は時間が経っても衰えるどころかますます勢いづいて、あれでもない、これでもない、これは良いけどもっと安価で良いものがあるかもしれない、と一つ買うのに他店の品を徹底比較しないと気が済まなかった。鞄や小物類はまだ良かったが、服と靴はサイズ感を見るからといちいち試着室に連れて行かれて、着せ替え人形にされた。あんまり着ては脱いでをくり返すので、いっそ下着だけ身に着けて、店から店へと渡り歩きたくなった。

最後まで辛抱できたのは、生き生きしている萌音の姿をこの眼で目撃しているのが興味深かったからだ。なんと個性的な特技を持っていることか。有名人ならまだしも、大学の準ミスであるとはいえ、まったくの素人の女性の画像をしきりに眺めて指で画面をピンチアウトして極限まで拡大し、このベルトはブランド名が書いてなかったけど多分何々の何年物かなぁ、などと鑑定している萌音は異様で、その姿を真似できる者はほとんどいないだろう。

どんなに奇抜なファッションを公開したり、変わった日常を書いた日記をインターネットにアップしても、それを徹底的に真似してかかる萌音の個性には誰も追いつけないだろうと思うと、一連の服選びも不思議な儀式のような気がしていた。

「一つお伺いしたいのですが」

「なに？」

「萌音が誰かの真似ではなく、本当に自分がしたいと思っている格好はどんな感じなのですか」

「うーん。船みたいな靴が履きたいと子どもの頃からずっと思ってるかも」

「船？　船モチーフの靴ということですか」

「違う。船みたいに底の厚くて、表面が白いエナメルで、赤いラインが一本入ってて、ソール部分は木でできている靴。ネイビーの裾広がりのぴちぴちのパンタロンを穿いて、赤い水玉模様の、ネイビーのボウタイシャツが着たい。髪はダークブラウンに染めて、細かいスパイラルパーマをきつくかけて、カンケンのリュックを肩にかけて、丸ごとのりんごを齧りながら大学のキャンパスを歩きたい。あ、アクセサリーはゴールドの細いネックレスとブレスレットね。六〇年代のヒッピーみたいなファッションをしたい。さらに欲を言えば縁が白くて大きなトンボ形のサングラスを太陽がまぶしいときにかけたいよ」

「具体的ですね。すぐにでも思い通りの格好になれそうなほどに」

「でも、絶対だめなの。私のやってみたい格好は、とにかくモテないし船乗りに憧れてるヒッピーみたいだから。私のファッションセンスは、いまの時代には向いてないの。だからいまの流行にちゃんと合ってる人の真似をしてるの。自分のアンテナに頼れば、怪我するのが目に見えてる」

　そうか。好き勝手している風に見えるけれど、一応周りの状況と時代に合わせた服装をしているのか。私は銀杏返しの髪型の自分と、ヒッピーの格好をした萌音が、仲良くキャンパスを歩いているところを想像した。

「いつかどんな格好でも受け入れられる時代が来ればいいですね」

「それも困るんだよなぁ。私は一方で、流行も好きだから。みんなが似たような格好をしてないとダサいって馬鹿にされる、そういう窮屈な縛りも好きなの。どれだけ個性を消して流行りに全身浸かろうとしてもうっかりちょろっと出てしまったその人の個性を掴んで真似するのが私は好きなんだ」

服が揃えば香水も、とのことで、シャインピーチという商品名の練り香水を塗ってみた。確かに桃の匂いだが、どこかまったりと油っぽく、桃バターという趣だった。やはり桃の香りは純粋なみずみずしさと爽やかな甘さが魅力なので、少しでも粘っこくなると鼻につく。他の香りやスプレー式のも試してみたが、ベリーストロベリーは苺ジャム、ビターシトラスは若干の殺虫剤、ホイップマスカットはべたついた甘さの下に薬っぽい苦みを感じた。香りのリセットにお使いください、と書かれたコーヒー豆の入った小瓶を嗅いでいるときが一番落ち着いた。

「どれか決めた？」

「コーヒー豆にします」

もちろんそれは売り物ではなくて、何も買わずに店から出てくるしかなく、むずむずした鼻をティッシュでかんでいる私に、萌音がため息をついた。

「やっぱりあんたに選ばせちゃだめだわ。一日中かかっても決まらない。しょうがない、私が見つくろってあげる。まずはあの店、来て！」

萌音がようやく満足して買い物終了を言い渡したので、私たちは最上階にあるフードコートに入り、飲み物を頼んだ。チョコバニララテを飲む萌音はまだまだ元気そうだが、私は飲み物をストローで吸い上げる力も残っていないほど疲弊していたので、黒豆茶のホットを飲んだ。

彼女の選んでくれたファッションの品々は、ただ準ミスの真似をしているだけではない、旅行に適した気の利いたラインナップだった。

メインの服装の他に、着回しできる上着が二着あり、旅行に持って行く服を最小限に抑えていて、荷造り魔の私からすればありがたい。現地は暑いので大量の汗をかくことも予想して、手洗い可能な素材を選び、さらに旅行鞄に畳んで入れても皺になりにくいものを選んだとのことだった。私から見れば繊細すぎる生地の服たちだったが、萌音が〝普通に着ていればまず破れることはない〟と太鼓判を押したので、信じることにした。また予算もこちらの提示した一万円を少し超える程度で、たくさんの品を購入した割には安く収めてくれていた。

「ありがとうございます。最初はどうなることやらと思いましたが、これで旅行先での服装に悩まずに出発できます」

散財してしまったので、旅行までは節約とアルバイトに励む日々になるだろうけど。

「悩むもなにも、どうせあんたは私が選ばなかったら、いつも通りのどうしようもない格好で行くつもりだったでしょ。準ミスの写真は参考のために、あんたにあげる。当日は髪型をできるだけ似せてきてね。メイクは私がやるから素顔で空港に来て」

化粧までしてくれる気でいるとは感謝しかない。今日散々取り出して眺めたせいで、角が破れてよれている準ミスの写真を、私は萌音から受け取った。

「あのさ。ちょっと気になってたんだけど、もしかして奏樹の脳内あだ名もあるの」

「ありましたが、萌音に注意されたので今は呼んでませんよ」

「で、なんだったの」

「親の七光りに殿と書いて、七光殿です」

萌音は私を指差し、「最低！」と断罪した。

「本人が一番気にしてるところでしょうが！　それ絶対本人に言ったらだめだからね。いい？」

「分かりました」

ピアスやチェーンのネックレスをつけた、中学生くらいの男子の集団が、奥の方の席からこちらに向かってぞろぞろ歩いてきた。私たちの席の前を通り過ぎる際に、開襟シ

ャツの前を大きくはだけさせた金髪の男子が私たち二人の顔を覗き込み、萌音に向かって、

「おねえさん、ヒマならいっしょにゲーセン行こーよー」

と誘った。周りの子たちはげらげら笑って、萌音の返事を聞かないうちに金髪の子も仲間たちもフードコートから出て行った。萌音はしばらく微笑んで集団の後ろ姿を見つめていたが、私の方に向き直ると、顔を近づけて早口でしゃべり出した。

「聞いた!? 男の質はどうであれ、私だけがナンパされたよ！ 高校時代は常にあんただけが声かけられてたのに！ これが努力する養殖と努力しない天然の差ですよ。確かに私は素顔がドジョウに似てる。すっぴんだったら〝いい人そう〟くらいのほめ言葉しかもらえない。でもここにきて遂に逆転できた！ 大変だった、努力した、時間も割いた、人にも嫌われた。でも今ようやくあんたを抜かしたんだ」

言葉を切り、黙り込んでうつむく萌音の顔を覗き込むと、目をつむりながら口元に微笑みを浮かべて本気で喜びをかみしめていたので、私はとりあえず小さく拍手した。

出発の日の早朝、羽田空港に着いた私の全身を、萌音は眺めまわした。

「よし、買った物全部着てきたな。さすが私、ちゃんとあんたに似合ってるよ」

「サイズが違っています。スカートは明らかに小さすぎます」

高校の頃の制服よりもずいぶん丈が短くて、ひらひらしているので、もし誰かにパンツが見えていますよと指摘されたとしても驚かない。

「いや、合ってるって。ぴちぴちでもつんつるてんでもないし、十九歳の女子が着てて、なんにもおかしくないよ。いままでのあんたの服装は、年齢も性別も超越してたからね。今が普通」

「背中も相当すうすうするんですが」

「胸の谷間見せとかより背中ぐらいの方がヘルシーな色気が出てちょうど良いんだよ。背毛(せなげ)もちゃんと剃ってきた？　よし合格」

肩甲骨の間辺りの、露出している部分を萌音にはたかれて、私の背筋が伸びた。広い空港を移動するのにハイヒールは歩きにくく、スーツケースに踵(かかと)が引っかかってしまう、とこぼしたら、たった三センチのヒールくらい我慢しなさい、とたしなめられた。

「与野島、やばい楽しみなんだけど！　期待してたリゾバがほんとキツいだけのバイトで、出会いないし、ひたすら御膳を運ぶだけの仕事だったから、今回の旅行に期待してる」

そう話す萌音は確かに夏休み前より身体が引き締まり、動きがきびきびしている。

「バイト先では狭い部屋に女子ばっかりで閉じ込められて、過酷な環境すぎて女の子とは仲良くなれたけど、男の子とは全然ふれあえなかった。与野島でいい出会いがあるといいな。この夏休み、伊豆の旅館の仲居として、私がどんだけ働きに働いたか、給料明細と一緒にあんたに見せてやりたいわ。お金貯まった分ストレスも溜まったから、青い空の下でパーッと発散したい」

格安航空の飛行機に乗り那覇空港へ着くと、次の飛行機まで時間があったので、私たちはブルーシールのアイスを食べたあと、空港内をぶらぶらした。私が滑走路を眺めている間、萌音は免税店を回っていたのだが、合流すると既に紙袋を二つ携えていた。あらかじめ免税店の商品を調べていたという彼女は、目当ての品を全て買い終えたという。目的地に着く前に色々買うと荷物が増えるのではと言ったら、帰りは乗り継ぎ時間がタイトでちゃんと買えるか分からないし、旅の最後に他の荷物と共に宅配便で送るから問題ないと、かえってきた。

「え、コレが飛行機？　思ったより全然小さいんだけど。ラジコンみたい」

三十人ほどで定員になる、バスぐらいの大きさのプロペラ機は、巨大なプロペラを回転させて離陸し、真っ青な海の上を飛んだ。ところどころ白波が立ち、小さな船が浮いている。客室乗務員にもらった黒糖の飴を舐め、琉球ソングを聴きながら、窓から島が見える度に、あれが与野島か、今度こそそうかと思っているうち、私の興奮は静かに最高潮に達していた。思えば友達との旅行自体が人生初だ。

飛行機が与野島空港へ着陸すると、機体から下ろされたタラップで地面まで降りた。飛行機に通路が接続されて空港内と直接つながるパターンに慣れていたが、あれは大型旅客機の話で、プロペラ機だと百メートルほどの距離を自分の足で歩くらしい。

外は明るすぎて視界が白く飛ぶほどの快晴で、広い滑走路に吹く強い風が身体にぶつかって、空は雲一つなく青く、まったく気持ち良い。私のあとから降りてきた萌音は大きな黒いサングラスをかけて、外を歩くなんて想像してなかった、まだ日焼け止め塗ってないのに、と呟いている。

到着出口では、つばの狭い麦わら帽をかぶった、日焼けで焦げてる奏樹が出迎えに来ていて、私たちを見つけると手を振った。

「二人とも無事に着いて良かった。長旅おつかれさま！」

「出迎えありがとうございます。景色が綺麗だったからか、あんまり長いとは感じなかったです」

私が答えていると、脇から萌音が顔を出した。

「奏樹、今回はありがと！　なんか私までお世話になることになっちゃって」

「もちろん大丈夫だよ！　祝井さん、久しぶりだね。長旅で疲れたでしょう。空港に売店と喫茶店があるから、何か飲んだり、アイスでも食べたりして少し休んでから行く？」

「ううん、大丈夫。二人とも那覇空港で紅いも味のアイス食べたから」

奏樹が笑い声を上げた。

「もうさっそく食べたんだ！　前のめりだね、いいねー。じゃ、車に乗って宿まで行こう。スーツケース持つよ、貸して」

「いえ、自分で大丈夫です」

「なら、私も大丈夫です」

私の言葉を萌音が真似る。

「いいのに。ほら、貸して」

「じゃあ、お願いしまーす」

萌音の桃色のスーツケースを引きずりながら奏樹が先導して前を歩く。搭乗口と出口がそれぞれ一つずつのこぢんまりした空港を出ると、私たちは日差しが強すぎて白く見える駐車場を歩いた。

「この前お会いしたときよりも、だいぶ日焼けしてますね」

私の言葉に反応した奏樹は、後ろを振り向くと笑った。

「だろうね。僕は君たちより早く前乗りして、二週間前からこの島に来てたから。与野島にいると、あっという間に焼けてしまう」

「二週間も前から来てるんですか」

「うん。一週間くらい前に大学の友達も来たから、滞在が長くなったんだ。男ばっかり七人くらいで騒いで、泳いだりバーベキューしたり、楽しかったよ。今回はホテルの送迎用の車を貸してもらえることになったから、旅の間はこれで島のなかを移動しよう」

彼は『ホテル碧海荘（へきかいそう）』とドアの部分に書かれた白いワゴン車に私たちを乗せると、ホテルへ向かって出発した。内陸部を通っているので海は見えない。車内は太陽の熱がこもっていたが、窓を開け放して走行すると爽快な風が外から入ってきた。一面に広がる赤茶土の広い畑やサトウキビ畑、強烈な臭いを放つ牛小屋、葉がばさばさに生えた巨大な野生のヤシの木が目の前を通り過ぎてゆく。高い建物の無いのんびりとした風景が、強い日差しに照り輝いてどこか懐かしい。まだ島へ着いてわずかな時間しか経っていないのに、呼吸をする度に身体を包んでいた透明な鎧（よろい）が一枚ずつ剝がれていき、視界も広くなっていく。

中心部の家花（やばな）にある島唯一という商店街に入ると、スーパーや生花店やダイビングシヨップ、ラーメン屋、居酒屋と店が並び、公民館の角を曲がった先には民家に挟まれた上りの坂道が続いている。真っ黒に日焼けした、野球部のユニフォームを着た男子中学生が、自転車を立ちこぎして険しい坂をぐんぐん上って、私たちの車を追い越した。

　坂を上りきると再び人工物は減り、左の脇道に入り、背の高い木々の葉が頭上で折り重なったアーチを抜けると、薄汚れた白壁で長方形の簡素な外観をした建物が見えてきて、前の駐車スペースに車が停まった。

　ここがホテル碧海荘か。木々の小径と広い車寄せの効果でだいぶ奥まった場所にある印象を受ける。もう一台送迎用のワゴンが停まっていて、建物の大きさといい、街のホテルなら中規模だが、この島にあると大きく見えた。少なくとも民宿レベルではなく、ホテルと名乗っても問題ない。

　ロビーへ入ると閑散としていて、フロントにさえ人が立っていない。

「がらんとしていて、ちょっと寂しいよね。あんまり手入れが行き届いてるとは言えないし、エレベーターも無いから、近くの大きなコテージ付きリゾートホテルに客を取られまくりなんだ。でも海は近いしご飯は美味しいから、僕はそれほど悪くないと思ってるんだけど」

　スーツケースを抱えて二階への階段を上り、二〇一号室のキーをもらうと、ひとまず部屋で荷を解いてから皆で夕ご飯を食べることになった。

「祝井さんは二〇二号室ね。二人の部屋は隣同士だよ。僕は今朝まで二〇一号室に泊まってたんだけど、一〇八号室に移動するよ。掃除はしてもらったけど、まだ荷物が残っていて」

「分かりました。そのままにしておきます」

「ごめんね。二〇一号室が唯一パソコンが置いてある部屋だったから。荷物はあとで取りに行くので」

懐かしい、透明なアクリル製の細長い角柱状の部屋番号入りキーホルダーの付いたキーで二〇一号室の鍵を開け、ドアノブを回すと、部屋のなかはすでに潮騒の音に満ちていた。

網戸越しに目の前に大海原が広がっている。浜辺際の崖の上に建つこのホテルは、まるで海全体を見下ろしているかのようだ。

部屋のなかは十畳ほどのスペースにベッドと書き物机があり、ベランダからは今まで見たこともないほど冴々したサファイアブルーの海が見えた。ベランダに出るとほぼ真下に波頭が白く泡立つ海と砂浜がある。蒸し暑い部屋から眺める海は私を誘った。今すぐ走っていって身を浸したくなる。

背後でドアの開く音がして、萌音が部屋へ入ってきた。

「あんたの部屋の方が眺めがいいし部屋も広くない？　男ってこういうとこ女より露骨

だわ。好きっていう気持ちが細部でだだもれっていうか。えこひいきだー」

「部屋替わりましょうか」

「もう、チェンジしちゃったら奏樹が不憫すぎるでしょ。男心、ちょっとは察しなよ。景色は良いけどぼろいホテルだね、人もいないし。宿泊客って私たちだけっぽいよね」

確かに他の部屋からは物音一つ聞こえない。一階に客を入れている可能性も無くは無いが、眺望の良さは二階の方が上のはずだから、まずは二階から部屋を埋めるだろう。

「エレベーターも無くて、荷物自力で持ったまま階段上らなきゃいけないし、床に敷いてあるじゅうたんは砂まみれで浮き上がってるし、ドアは普通のドアノブだし、エアコンは見たこともないほど古い型だし。快適かどうか気になるより先に、ちゃんと使えるのか不安になるほどのおんぼろホテルだね」

〝案内するホテルは四十二年前に建てられました〟奏樹はメールにそう書いていた。

〝昔、島に一大観光ブームが訪れたときにできたホテルで、ところどころ改築してはいますが、ほとんどそのままです。島まで建築資材を運ぶのは一苦労で、輸送費もかなりかかるので修復は楽ではありません。僕としては、かつてぎっしり観光客で埋まったホテルが、華やぎの残骸を面影に留めながらも今は閑散として、強い太陽に漂白されながらゆっくり朽ちてゆくさまを眺めるのが好きですが、ミルちゃんと祝井さんが気に入るかどうか〟

「期待外れだな。ま、いいか。エアコンはきくみたいだし、ホテルと民宿の中間だと思えば」

室内を改めて見回すと確かに年季が入っていて、風呂はトイレと一緒のユニットバスで、床はカーペット。窓の網戸には色んな虫の死骸がからまっている。カーペットの目には掃除機で取りきれない細かい砂が詰まっていて、エアコンは紐（ひも）のぶら下がった茶色い旧式のもので、本体に比べれば新しいリモコンを使って起動させたら、ちゃんと動いて涼しい風が出た。萌音の座っているセミダブルのベッドは、シーツはきちんと糊付（のりづ）けされて清潔そうだ。間接照明はベッド脇のみ、寝ころぶとちょうど見える反対側の壁の位置に、さやいんげんと白い花を描いた絵が飾ってある。

「気まずくなるかと思ったけど、奏樹と普通に話せて良かったー。まあ付き合ってた期間が短すぎて、元カレ元カノって意識もお互い無いわ。今日、超早起きだったから眠気すごい！　でもせっかくだし、さっそく海入りたいね」

萌音の言う通り、確かに四時起きしての長時間の移動で、疲れてはいたが、いままで見たことないほどの青い海の魅力に心躍る方が勝る。

「ホテルでしたいことは思いつかないから、早く海行こ。私、用意してきたから」

萌音は底の四隅と持ち手がピンク色で、あとは透明のビニールのトートバッグを掲げた。なかのバスタオルや水着が透けている。

「分かりました、私も用意します。ずいぶん早く準備したんですね」

「窓からあの海覗いたら、もう行くしかない！　ご飯の前にひと泳ぎしよう。あ、そうだ、日焼け止め背中に塗って」

　水着に着替えて萌音と自分に日焼け止めを塗ったあと、海岸に続く一階の裏口のドアから外へ出た。屋外用の白いテーブルとチェアがあるテラスを抜けて、傾斜の激しい道を下る。道といっても舗装された道路ではなく、周りの地面に比べて雑草が少ない程度で、木の根や大きい石に足を取られた。枯れ枝そっくりの十センチほどのバッタが、足を踏み出す度に何匹も飛び跳ねる。

　窓から見た通りの美しい海が眼の前に広がった。色彩が見事なグラデーションになっていて、波打ち際の薄い青緑色が沖にいくほど濃い青藍へ変わっている。透明度の高い海水と珊瑚の交じった白い砂浜だからこそ生まれる、色の美しさが目に染みた。

　萌音は海へ駆けていき、ビーチサンダルの片方を波に取られて、追いかけているうちにびしょびしょになって帰ってきた。六時近くまで時計は進んでいるにも拘わらず、太陽はまだまだ元気で、寒くて震えが来たり、鳥肌が立ったりせずに、すらりと海に入れた。全身を浸けるとさすがに腹の辺りが冷えて引き締まったが、底まで見える水の透明度に目を奪われてすぐ気にならなくなった。顔を水につけなくても泳いでいる黄色い小魚が浮いた足先の向こうに見える。

「海のなかは結構足元キケンだね、ここ。思ったより岩がごつごつしてる。砂浜はさらさらの砂しかないのに」

羽織っていたものを脱いで横縞柄のビキニ姿になった萌音が危なっかしい足取りでこちらへ近づいてくる。底は大きな石や流木が埋まっていて素足にはきついので、私は立ち泳ぎをしていた。この海水浴場に私たちの他に人が見当たらないのは、奥まった立地だけではなく、足場の悪さも関係していそうだ。次来るときにはマリンシューズを持ってこよう。スーツケースに入れてきたのに、萌音に早く早くと急かされて忘れてきてしまった。

ゴーグルをつけてクロールで沖に向かっていくらか泳いだが、夕方で波が高くなっていたので、もっと先へ進みたかったところを途中で止めた。海はどこまでも続いている。心も身体も解放されて、海と境界が無くなり自分の成分が水に溶けだす。もっともっと泳いで、我を忘れたい。仰向けに浮かぶと広がる空は薄く黄色がかっていて、夕焼けの兆候を見せ始めている。

浜に戻るとすでに海から上がっていた萌音がバスタオルで身を包み、微笑みながら私を待っていた。

「海松子がスクール水着だったらどうしようと思ってたけど、ちゃんと水着持ってて良かった。まあジムで泳ぐような格好だけどね」

「その通り、区民プールに通っていたときの水着です」

私は袖のある黒いセパレート水着を着ていた。

「お腹は私の方が平たいね」

萌音は私の下腹部を覗き込んでうれしそうだった。

海辺へ来た時間自体が遅かったので、十五分もすると空が夕焼けで暖色のグラデーションになった。浜辺に戻ると奏樹から着信が入っていて、かけ直して既に海に入っていると伝えた。

「もう泳いだの？　引き続き、前のめりだねー。夕飯がもうすぐ出来るから、一階の食堂に来て」

と彼が電話の向こうで笑った。ホテルのテラスにあるシャワーで海水と砂を洗い落とし、緑色の液体ソープで手を洗った。甘いメロンの香りがする。

部屋で着替え、一階にある食堂で、島魚グルクンの唐揚げ定食を食べた。骨まで食べられるほどかりかりに揚げてあり、淡泊な白身が美味しい。初めて食べたパパイヤの漬物も、たくあんと味が似つつも食感が違い、爽やかな風味でご飯と合う。壁に貼ってあるダイナミックに水しぶきを上げるクジラのポスターを見て、この島は時期によってはホエールウォッチングもできると知った。昼間すごく暑かったのに風が吹いているおかげで、扇風機が一台回っているだけで十分過ごせた。窓の向こうでは食堂の明かりを目指してやって来た大きな羽虫が、盛大に網戸にぶつかっている。

「明日の予定を立てようか。とりあえずまだ泳ぎ足りないよね」

「はーい、足りないでーす！」

萌音が元気に手を挙げる。

「明日は午前中に、まだ日差しの強くないうちに泳いで、それから昼ご飯を食べようか。さっき二人が行ったホテルの真下の海でもいいし、車で他の海水浴場に行ってもいいよ」

「別の海水浴場にも行ってみたいですね」

滞在中できる限り色んな角度から海を見たい。

「じゃあ朝陽が綺麗って言われてる赤端（あかはな）海岸に行ってみようか。ダイビング体験とかもする？」

「私はいいや。海に深く潜るのは恐いし」

「私も特にダイビングは考えてないです」

「分かった、じゃあ普通に泳ごう。海はもちろんすごく綺麗だから、気持ち良いと思う」

「私、行ってみたい店があるんだ」

萌音はガイドブックを取りだすと、赤と黄色のハイビスカスが爪に描かれた人さし指で、写真つきの小さな記事を指した。

「このアクセサリーショップ！　オーナーが一人でとんぼ玉やシルバーのアクセサリーを作って販売してるんだって。この島って本当にお店が少なくない？　私、旅行のときは買い物が楽しみの一つだからちょっと物足りないかも。あー、行きのときにブルーシールのアイスなんて食べてないで、空港でもっと買っておいたら良かった」

「物品は本土から船で運ばなきゃいけないから、数は少ないし割高なんだよ。自然を満喫する方にシフトした方が楽しめるかもね。土産のおすすめで言えば、この先のレストランで作ってる瓶詰めの黒糖シロップがあるよ。ざらつきを残した食感と少しだけ苦味のある強烈な甘さが美味しいんだ。パッケージも工夫されてて、ダイヤみたいな五角形の瓶の形が可愛いんだ。最近は空港にも置いてるみたいだけど、この島発の商品だし、お土産にしたら喜ばれるんじゃないかな」

「それいい、買ってくわ。美味しそうだし自分にも欲しい！」

「ここからすぐだよ。ミルちゃんは行きたい場所はある？」

「私は両親の土産にマンゴーを買って帰りたいと思っています」

「了解。マンゴーも家花に売ってるから、祝井さんが店に行ってるのと同じタイミングで行けばいい」

　奏樹はジーンズの後ろポケットから、尻の形に合わせて変形した、この島の役所前に置いてあったミニガイドのチラシを取り出した。

「あと絶対に外せないのがウル祭りと葵が浜！　与野島最大の夏のイベント。明日は屋台とかライブとか花火が海浜公園の近くの広場で開催されるから夜には必ず行こう。葵が浜は潮の満ち引きに合わせて、明後日の昼がいい」

　祭りについては旅行日程を決める際に既に奏樹から聞いていたので、私も萌音も行く気満々だった。花火も上がるし、島ゆかりのバンドがライブしたり、小学生たちがパレードしたり、エイサーや三線を披露するサークルも参加するとのことだ。萌音はわざわざ浴衣を買ったというし、私も実家から母に送ってもらったのを持って来た。

「この島にはあまり飲食店は多くないんだけど、ざっと分けると二通りある。一つは観光客をターゲットにした新しくて綺麗で入りやすい、カフェ風のレストランや琉球料理屋。もう一つは地元の人が行く、美味しくて安い小料理屋や居酒屋。どちらにも良さがあるから、両方連れて行けたらと思ってる。中心部の家花の方が飲食店は多いんだけど、少し外れた場所にある『てぃだ食堂』が僕のおすすめなんだ。去年オープンしたばかりなんだけど」

「ありがとうございます。奏樹の行きたい場所はどこですか」

「僕は何回もこの島に来てるし、その度に長い間滞在してるから、行きたいとこは行きつくしてるし、二人に付き合うよ。この島を二人がそれぞれの遊び方で満喫してくれるのが、一番うれしいんだ。ただ強いて言えば色んな海岸を見せたいかな。少し場所が違うだけで、雰囲気や景色が全然違うから。砂浜の砂の種類だけでも色々ある。真夏にやって来ても台風やら大雨やらが通り過ぎる日がこの島は多くて、今回みたいに旅の全日程が晴れ予報なのは本当に貴重なんだ。嵐の海もそれはそれで良いんだけどね。天気はまだそれほど崩れてないのに、台風の強い風だけが先に上陸して、浜の細かい砂粒が舞い上げられて頰にびしびし当たってくるのとかも、海の野性味が感じられておもしろいんだけど……。やっぱり快晴だと昼の海も夜の星も美しいし、最高だね」

今日は移動も大変だったし、明日も予定が詰まっているので、今夜は早めの十時に解散となった。萌音は一旦自室に引っ込んだものの、湯上がりの濡れた髪で化粧落としとコットンを持って私の部屋にやって来た。

「ドライヤーの風力が弱くて、髪が乾ききらない。シャワーは熱くならないし風呂の四隅には砂が溜まってるし、このホテルが潰れそうな理由がよく分かるわ」

萌音からは、桃のきつい香りが立ちのぼり、このような匂いのシャンプーや入浴剤は大浴場には置いていなかったため、彼女が自分で持ち込んだ風呂セットを使っていると分かった。

「私の部屋のドライヤーを使ってみますか」

「うん、あんま変わんないと思うけど、やってみる」

萌音はドライヤーの音をものともせず私に大声で話しかけた。

「私、ただついてきただけじゃなくて、ちゃんと海松子と奏樹を良い感じで二人っきりにさせる機会を狙ってるから期待しててね。二人をくっつけることが私の今回の旅の、真の目的だから」

「大丈夫ですよ。萌音は萌音で好きなように、思いきり遊んで下さい。アルバイトのストレスも溜まってるって言ってたじゃないですか」

「そうだけど、やっぱりあんたたちには負い目があるからさぁ。でもこの島って、居るだけでなんか癒やされるね。初めはなんにも無い、退屈しそう、って思ってたけど、刺激が少ない分のんびりできるな。人間本来の生活に戻れるっていうか、自然と共存して、気持ちがゆっくり穏やかになってくよね」

萌音が私のベッドで唇を縦半分だけコットンでぬぐうと、濃いめの口紅を塗っていたようで、唇が鮮やかな赤とベージュのツートーンになった。

「てか、一週間前に奏樹の友達六人も来てたんじゃん！　同じ日程にしてくれれば良かったのに！　そしたら彼氏出来たかもしれないのに！」

「全然穏やかになってない気がしますが」

「それとこれとは別なの」

化粧を落とすにつれ仮面を剝ぐように、みるみる素朴な顔立ちになった萌音は、日焼けのあとはコレ、と韓国語の書かれたアロエのシートマスクを私に渡した。

「顔洗って寝るわ。おやすみなさい。おやすみなさい」

「おやすみなさい。一つ伺いたいんですが、どうしてお風呂に入る前に化粧を落とさなかったんですか」

「眠すぎて忘れてた。風呂上がりに鏡見たら、まだ顔が作ったときのままでびっくりした。化粧落とすのって、もったいないけど快感だよね。めちゃくちゃ集中して描いたアイラインを、一日の終わりに全部ぬぐっちゃう瞬間って好きだな」

私は、アロエの冷たいパックを顔に張りつけてベッドに寝転がった。夜にかけて満潮になる海面がひたひたと押し寄せてくるような、私も月の引力に引っ張られて気づけば海の上に浮かんで漂っている感覚にはまってゆく。萌音と奏樹が普通に話していて良かった。奏樹は元気で潑剌として、日焼けもあるのか、時々別人みたいに見えた。萌音は私と彼をくっつける気でいるらしいが、相手にも自分にもそんな片鱗は微塵も窺えない。


朝ベランダに出たら、太陽と風が丁寧にブローしてくれたのか、昨日の夕方干した洗濯物がほとんど乾いている。水着はまだ少し湿っているが気にならない程度だ。ロープに干して、すぐに乾く洗濯物は幸せものだ。薄い灰縞の入った横長のTシャツなんかは、たとえば冬の日の丸一日たっても乾かないスウェットや、雨の日に乾燥機能のある風呂場に無理やり干されたズボンなんかとは、同じ洗濯物と思えないくらいに性質が違っていた。あっというまに乾いて回収されるTシャツは、憂えている暇なんかないという感じで、すぐにでも持ち主に腕を通されるのだろう。だって年中半袖は要るから。

そんな清々しくいそがしい、太陽の子分のような服を着ていたら、やっぱり影響されるだろうなぁなどと考えていたら、よく台風が通り過ぎる島であることを思い出して、そういえばいつでも晴れているってわけでもないなぁと気がついた。台風が来たらうっかり取り込み忘れた洗濯物たちは、ついさっきまで太陽を浴びていたのが嘘のように、豪雨に叩かれ、強風にあおられ、違う家の軒先めがけて飛んでいったりするのだろうか。激しくて、そしてやっぱり自然に近い与野島の洗濯物たち。

朝食をとったあと朝八時半に車でホテルを出発した私たちは、すぐに泳げるように、服の下に既に水着を着ていた。赤端海岸に着くと、昼には強烈に光り出すだろうがいまの時点ではまだ初々しい太陽が、だだっ広い白浜の海岸を照らしていた。

着替えた奏樹はなぜか、どうも、どうもと頭を下げながら近づいてきた。赤茶色の水着を穿いて、日焼けしたしっかりした肩と、細く締まった胴だ。一瞬、奏樹の半裸に目が眩む。

父以外の男性の裸を見たのは、中学の体育祭での棒倒しの競技以来だ。

目が釘付けになっていると奏樹が心配げな顔つきになった。

「どうかした？　水が冷たすぎるかな。まだ太陽で海水が温まってないから」

「いえ、まったく冷たくないです。ちょうど良いです」

「そっか、良かった。じゃあ、沖まで泳いでくるね」

もうしばらく一緒に遊ぼうと私も萌音も止めたが、奏樹は照れて笑いながら素早く走ると海へ飛び込み、勢いのあるクロールでどんどん沖へ進んでいく。しばらくその後ろ姿を目で追っていると、萌音がニヤニヤしながら顔を覗き込んできた。

「なにー、その反応。あんたが見すぎるから奏樹、戸惑ってたじゃん」

「すみません。なんだかずっと見てると気分が高揚してきて」

「水着姿に見とれるって、男じゃないんだから。まぁ良かったんじゃない、好みのカラダだったってことでしょ。キャー、海松子、エローい」

萌音がばしゃばしゃ水をかけてきたので応戦したら、かなり激しくかけてしまったのは、照れくさかったからだった。萌音は、顔にはかけるな！　と叫んだけど間に合わず、もろにかけてしまったので激怒していた。

ひとしきり泳いだり浮いたりしたあとは、シャワーを浴びてから大判のバスタオルを身体に巻いて、海岸のすぐ近くの階段を上った先にある海の家で昼食をとった。

萌音は沖縄そば、奏樹は焼きそば、私はもずくそばを頼み、奇しくも三人とも麺類だった。外の私道と地続きの解放感のある店内では、父と母が車でよく聴いていたサザンオールスターズが流れていた。店には他に、海で遊んでいるときも見かけた、観光客っぽい男女混合のグループと家族連れがいた。

「そういえば地元の人が泳いでるのを、いままで全然見かけないですね」

「あんまり泳がないんじゃないかなぁ。夕方、日差しが弱くなってから、Tシャツと短パンで泳ぐっていうのは聞いたことがある」

「こんなに綺麗な海でも毎日見てると、泳ぐほどめずらしいもんじゃないって感覚になるのでしょうか」

「それもあると思う。ただ沖まで船で行って、素潜りして貝を獲ったり、銛で突いて魚を獲るのは楽しいみたいだよ」

さすが地元の人は観光客よりも数段濃い海の楽しみ方を知っている。こんなに綺麗な海の景色が溶け込んでいる日常が一体どれだけ贅沢か、私には想像がつかないほどだった。


一度ホテルへ戻ると、祭りに参加するため今日の午前中に泊まり客が到着したのか、玄関に靴が増えていた。大人用から子ども用まで色とりどりに並んでいて、大家族の玄関みたいだ。ぺたぺた音の鳴る緑色のビニールスリッパを履いて二階へ上がり、水着を脱いでシャワーを浴びたあと、萌音の部屋で浴衣に着替えた。

　この日のためにネットの動画で浴衣の着方をマスターしたという萌音は、スマホで動画を流しながら、白地にピンクの薔薇の模様が入った浴衣を見事に着付けして、口にピンを何本かくわえて髪の毛も複雑な編み込みにして結い上げた。あまりにも鮮やかな手さばきなので、私は肌襦袢を着て、たとう紙の紐をほどいたところで見入ってしまった。

「海松子も早く用意しなよ。奏樹が待ってるんだから」

「萌音の技術がすごすぎて驚いていました。やっぱり教室に通ったのですか」

「行ってないよ。いまは動画見ながら何回も練習できるから、努力すれば、おしゃばけスキルは上がる！」

　化粧の仕上げにさくらんぼ色の口紅を塗り終えた、鏡の前に座っていた萌音が、こちらに振り向き、にこっとした。

「可愛い！」

　思わず声を上げてしまうほどの美しさだった。白い襟が細い頸を強調し、リボンが二つ重なっているように見える真紅の帯も華やかだ。きらきらした宝石のモチーフが揺れるかんざしを挿した髪から覗く顔も可憐に見える。

「似合ってます。萌音は普段でも浴衣を着るべきです」

「ふふ、そんなに似合ってるかぁ、バイト代はたいて買って良かった。今年の夏はこの浴衣着倒さなきゃ！　じゃ次はあんたね、浴衣羽織ってみて、手伝ってあげる」

　明らかに機嫌の良くなった萌音は、私の持ってきた腰紐などの小物をチェックしていたが、浴衣を羽織った私を見ると、顔をしかめた。

「なにその浴衣、古くさ。お母さんの借りてきたの？」

「祖母の遺品です。麻で仕立ててもらったと生前に聞いたことがあります。白地に紺色の鉄線が、私は粋でモダーンだと思うのですが」

「完全に旅館で温泉入ったあと着るやつじゃん。まあいいや、とりあえず着てみなよ」

　萌音は動画を流してくれたものの、複雑な動きを真似できず私はでくのぼうのように突っ立ったままで、呆れながらも彼女がほぼ全て、薄紅色の帯まで着付けしてくれた。

「はい、できた。うん、ちゃんと着てみると涼しげで良い浴衣だね。じゃあ次は急いで髪をやるよ！　座って！」

「無理なら良いのですが、一つお願いがありまして」

　鏡台の前に腰掛けた私は、本の一頁（ページ）をコピーした紙を萌音に手渡した。

「この頁に載ってる写真の、『宵待草（よいまちぐさ）』という束髪に仕上げてもらいたいのですが」

「は？　なにこれ、時代劇の髪型？　できるわけないでしょ、写真だけじゃどうなってるかなんて、分かんないから」

　やはり無理か。高畠華宵（たかばたけかしょう）の大正ロマンのビジュアルブックで見て以来憧れていた髪型だったのだが。

「時間もないし、シンプルな夜会巻きにするよ！」

萌音は自分の手と私の髪に整髪料をなじませると、髪をすべて一つに束ねてぐるりと巻き上げてゆく。

下に下りていくと、ロビーのソファに座って車のキーを手にしている奏樹が立ち上がった。

「おつかれさま！　二人ともプロにやってもらったみたいに上手に着れてるね」

「つかれたのは主に私だけだよ！　さあ行こ、ショップに居られる時間が短くなっちゃう」

玄関のたたきに置いた下駄(げた)を履き、萌音が和装に適した小さな歩幅で、少し急ぎめに表へ出た。やはり、とても似合っていて、可愛いなかにも楚々(そそ)とした雰囲気がある。

再び車に乗り込んで萌音の行きたい店のある、島の中心街の家花を目指した。ホテルを出て急な坂を下ってゆくと、道の両端は自然の緑ばかりだったのが民家が増え始め、役所の白い建物が見えてきた。海浜公園では〝ウル祭り〟と手書きされた、たくさんの造花で飾られた看板が高い位置にあり、すでに昼のイベントが始まっているのか、マイクで何かのレースを実況するような声が聞こえる。右折するともう家花の地域で、カラオケ屋や焼肉屋、パブに理髪店、コンビニもある。人通りもまあまあ増えて、地元の人たちもいれば、大きな浮き輪を肩にしょって歩いているような観光客も多数で、賑わっている印象だ。

「島の中心部は結構人がいるんですね」

「今日はお祭りだから、なおさらかな。この時期に合わせて帰省する人や、旅行に来る人も多いし。出店に浴衣で出かけていって、浜辺に座って花火を見て。多分島で一番楽しい日だと思う」

「わ、楽しみ。ウル祭りのウルってどういう意味なの?」

一つ席を空けた隣に座る萌音が、エアコンの吹き出し口を調節しながら奏樹に訊いた。

「ウルは島の言葉で、サンゴの意味。この島は美しいサンゴ礁に取り囲まれているのが特長だからね」

駐車場に車を停めたあと、萌音はお目当てのアクセサリーショップに、私はマンゴーセンターに、奏樹は祭りの催しのちびっこ相撲を見に行った。

マンゴーセンターは所狭しと新商品を並べている都会の商店とは違い、棚にあるのは全二種類のマンゴーの見本だけで、店だと言われなければ気づかないほど、がらんとしていた。みごとに丸くて橙色に熟したマンゴーを二つ緩衝材で巻いたあと箱に入れてもらった。照明の必要が無い、白い自然光に満ちた店内で、少しざらざらした白いカウンターに宅配便の伝票を置いて、ボールペンで実家の住所を書いていると、見慣れた住所のはずなのに、すごく遠い、はるか昔に住んでいた場所にマンゴーを送るみたいだ。

　ホタル石のネックレスが買えたという萌音と合流して、祭りの会場へ行くと既にたくさんの人が集まって大変な賑わいだ。奏樹に連絡すると、団扇と飲みかけのコーラを持ってやって来た。とりあえず夕飯代わりの食べ物を手に入れようかと話しあい、出店の並んでいる方へ歩き出した。

「二人とも浴衣似合ってて良い感じだけど、多分僕がいるからナンパとかされないね。祝井さん、ごめん」

「えー、別にいいよ。そんなナンパなんて、されたいわけじゃないし」

「そうなの？　ミルちゃんからは、祝井さんがされたがってるって聞いてたけど」

「やだなんで奏樹にまで言うの？　もー海松子は配慮ってものが無いんだから」

「すみません」

　三人でしゃべりながら屋台の並ぶ人ごみの道を進んでいると、まるで幻想の世界に迷い込んでしまったような浮遊感に包まれ、心が躍る。全国から観光客の押し寄せる有名で盛大な祭りでなく、島の地元の人たちが楽しむための郷愁あふれる祭りに、つい一昨日までこの島について何も知らなかった私が、浴衣を着て、まぎれて溶け込んでいるのが不思議だ。浴衣の蒸し暑さと、日焼けして締まった身体つきの地元の人たちの熱気があいまって、体温が上昇してゆく。

屋台で買ったたこ焼を食べ終えたあと、萌音に誘われて一緒に女子トイレへ行った。先に出てきて外で待っていると、トイレの出入り口の明かりに照らされて、青いヤシガニがぽつんと歩いていた。アップルマンゴーほどの大きさ、深い藍色が美しい見事なヤシガニで、攻撃されないよう用心しながら後ろから両手で掴んで重量感のあるハサミなどを見ていたら、トイレから出てきた萌音が鋭い悲鳴を上げた。

「なにその生き物、初めて見るんだけど！　やだっ、近づけないで！　おい本気で言ってるから、やめろって！　ハサミ振り回してるじゃん、あぶねえよ」

「ヤシガニです、ラブリーですね。おそらく浜辺から遠征してきたのでしょう。こんな風に、上から持てば挟まれません」

「分かったから置けって、ヤシガニを地面に置け！　ギャー、ハサミ振り回してる！　恐いしもう、なんかグロい」

めちゃくちゃびびっているくせに口だけは威勢の良い萌音を見ていると、もっとけしかけたくもなったが、彼女がすでに涙目なのでヤシガニを地面へ置き直した。ヤシガニは特にあわてた様子もなく、ゆっくり茂みの方へ向かう後ろ姿は、ミニチュアの装甲車とフルーツの中間の生き物っぽいおかしみがあった。

花火が始まるというアナウンスが聞こえたので、海浜公園の砂浜に移動して、奏樹持参のレジャーシートの上に座り、打ち上げ花火を見上げた。間近で上がる花火は黒い海と夜空の間で、新しい夏の花として咲き、散る。花火が開くときの音が腹に響く爆弾のような音ではなく、パンと軽く明るいのも、単色で大きく咲くのも無邪気だ。やがて、白っぽい煙と火薬の臭いが風に乗って遅れてやってきた。浜辺に座って見る花火は初めてで、解放感と波音が心地よく、海風が涼しい。

花火が終わると、島の人たちは潔く帰っていったので、私たちも見習ってそのまま帰った。ホテルに着くと、海で泳いだ疲れと祭りではしゃいだ疲れが一気にのしかかってきて、ベッドに倒れ込むと、歯を磨かなきゃと思いながらも動けず、斜めになったまま眠ってしまった。

＊

帰る日の前日は一人朝早く起きて、ホテルの近くの海でひと泳ぎするつもりだったが、アラームで目覚めた瞬間から、疲れすぎていて無理なのが分かった。二度寝してから朝食をとりに食堂へ下りていくと、奏樹が先に席に着いていたので、おはようと挨拶してから向かいの席に座った。

「奏樹はこのあとどうするのですか」

「良い波が来てるっぽいから、新覇（しんば）海岸にサーフィン行こうかな」

「元気ですね。私は部屋でゆっくりしようかと思っています」

「僕は昨日浴衣とか着てないし、それにミルちゃんと祝井さんは旅の疲れもあるだろうから疲れてても無理ないよ。ゆっくり休んでね」

奏樹は白いTシャツを着て、元気そうだ。体力はあるつもりだったが、ベッドに寝転がればまたすぐ眠れそうなくらい疲れている。アオサの味噌汁の滋味が舌と胃にありがたい。萌音はまだ眠っているのか、結局最後まで朝ご飯を食べに来なかった。

「旅はどんな感じかな。島を楽しんでもらえてるかな」

眉をかすかに寄せて少し心配げな、すうとそよ風が通るような優しい気遣い。こんな繊細な表情をしている人だったのか。

「はい、昨日のお祭りはもちろんですが、車で島のあちこちへ自由に連れて行っていただけるのが、とても楽しいです。旅の者だけど、実際にこの島に住んでいる人たちのような満喫の仕方ができていると思います」

「良かった。この島に女の子を呼んだのは初めてだから、ちゃんとガイドできてるか不安だったんだ」

昼過ぎに起きた萌音と私は奏樹の車に乗り込むと、高台にある奏樹おすすめのタイ料理店へ向かった。入り口のブラシマットでビーチサンダルの砂を落としてから入った店内はまだ誰もいなくて、客は私たちのみだ。

エアコンに頼らない店内は蒸し暑かったが、窓を全て開け放しているせいで、風がふんだんに入ってきたし、一つだけある大きな扇風機の風圧も大したものだったので、汗はかかなかった。内地よりもよほど蒸し暑いのに風が天然のタオルになって肌を冷やしてくれるのは、与野島に着いてから驚いているマジックの一つだ。

天井照明の明るくない店内からは、太陽光を反射して眩しい白いデッキの床よりさらに眩しいサファイアブルーの海がこってりと輝いているのがよく見えた。このような特別な景色を見慣れる日常はどういうものなのだろう。厨房では茶色の髪をひっつめにした女性が、激しい焼き音のするフライパンを揺り動かしながら、私たちの注文した料理を作っている。与野島の郷土料理や沖縄、鹿児島の名産をたくさん食べたあとに、もはや与野島とはなんの関係もないタイ料理だが、グリーンカレー&バジル炒めごはんはスパイシーで暑い気候とマッチしている。

他の観光客たちと共にグラスボートに乗って、葵が浜へ向かう途中、萌音が私をじろじろ見てきた。

「なんか全身の服が元の海松子に戻ってない？　私が選んだ服はどこ行ったの？　ワンピースは？」

「着ているさいちゅうに背中が下まで破れました。スカートは朝食を満腹まで食べてから着ようとすると、ホックがとめられませんでした」

「ヒールは？」

「浜を歩いていると底から浸水してびしょ濡れになりました」

「バッグはさすがに無事でしょ」

「荷物をたくさん入れたら、持ち手が千切れました」

「なにそれ！　全部新品だったのに、壊すとかないわ」

「次からは丈夫で機能性の高い服をお願いします」

怒るかと思った萌音は肩をふるわせて笑みをこぼし、最終的には大笑いした。

「笑っちゃう。空港で見たときはあんた可愛いなと思ったのに、気づいたら完全に元に戻ってるんだもん。どんだけ着飾らせても二日しか保たなくてすぐ素のあんたがなかから出てきちゃうんだね。海松子のお母さんはきっと苦労しただろうね」

大海原をボートは軽快に滑走してゆく。船頭さんのガイドを聞きながら、透明な船底から色鮮やかな熱帯魚がたくさん泳いでいる海中を眺めていると、船の行く先に、ぽっかりと海の真ん中に浮かんでいる白い砂浜の小島が見えてきた。木もなにも生えていないその場所は、海のど真ん中に突然現れた浅瀬みたいに見えた。

横付けしたボートから降りて浜に上陸し辺りを見回すと、三六〇度海ばかりで、まるで海の真ん中に立って浮かんでいるような神秘的な気持ちになった。

「葵が浜は潮の関係で昼だけじゃなく真夜中にも、もう一度出るタイミングがあるんだ。地元の男の子はそのときに自分の持ち船か誰かから借りた船で女の子を連れて来たりするらしい」

「ロマンチック！　エッチ！　誰か別のカップルと鉢合わせしたら超気まずいね」

携帯で写真を撮っていた萌音が身をくねらせる。

「ははは、そうだね」

萌音はくるりと海に向き直ると、

「彼氏と来たいぞ〜〜！」

と叫んだ。まるで叫ぶと叶うかのように。かなりの大声なのに空間があまりに広いせいで、音が散りすぐかき消える。

「良い教師になりたいぞ〜〜！」

続いて叫んでみると声はすべて海のなかへ吸い込まれていって、海の女神が聞き入れてくれそうなご利益を感じた。

「ミルちゃんは先生になりたいの？」

「そうなんです。奏樹も願いを叫んでみたら、どうですか」

「気持ち良いよ！」

「うん。あ、いや、僕は……いいや」

「近くに誰もいないですから、恥ずかしがらなくても良いですよ」

奏樹は笑って頷くだけだ。

「いやこれは恥ずかしいんじゃなくて……言えない系の願いだな〜！」

萌音に肩を叩かれると奏樹は笑いながら、水飲もうっと、と呟いてバックパックのなかを探った。

葵が浜から戻ると、夕食の前に車で島を一周した。奏樹は道路のカーブ部分にあたる、ちょうどゴリラ岩と海と夕陽が一緒に見られる絶景ポイントに車を停めてくれた。自然にできた凹凸がゴリラの横顔に見えるという海近くの巨岩は、夕陽に照らされて確かに海を眺める哀愁漂うゴリラの顔に見えた。路駐をしても道路幅は広いし、車もほとんど通らないので、私たちは車から降り、萌音と私は景色がよく見えるガードレールの際まで歩いていき、電話がかかってきた奏樹は車に残っている。

「私たち、ってさ。ひょんなことで一緒に旅行とか来ちゃったけど、結構複雑な三角関係じゃない」

萌音は風で吹き飛ばされそうになる麦わら帽を手で押さえつつ、うっとりと目を細めた。

「私は罪な女よね。結ばれる運命だった二人を、抑えきれない自分の魅力のせいで引き裂いたんだから」

　私はなんと言ったらいいか分からなかった。萌音のなかで何が始まったのか、よく摑めていない。どうでもいいが、眼前のオレンジ色の夕陽がとても綺麗だし、影になっているゴリラ岩は陽の加減でますます本当に海辺を見下ろす巨大なゴリラの横顔に見えて迫力があるので、ちょっと黙っていてほしい。

「あんなことした私と、いまでも友達でいてくれて感謝してる。ありがとう、そしてごめんね」

　ザザ……と海が鳴る。沈黙が続いたので萌音の方を見ると、彼女は海を眺めながら、笑っているのか泣いているのか、それとも単にまぶしいのかよく分からない複雑な表情をしていた。とりあえずなんらかの演目は終了したようなので、私はほっとして再び夕陽へ向き直った。

　奏樹おすすめの『てぃだ食堂』で夕食を食べたあと、ホテルへ戻ってベッドに横たわり小休止していたら、三十センチほど開いていた窓の隙間から、少し温度の下がった夜風が部屋へ入ってきた。肌寒さはなく、太陽が出ていた頃の蒸し暑さが減り、量の多すぎる髪を鋏(はさみ)で梳(す)いてさっぱりさせたくらいの空気の密度になった。潮の満ちた海は昼よりも波音が高くなり、防波堤の役割をする低木の群れは、海からの強い風に葉擦れの音を響かせている。

昨日の午後に部屋に帰って来たときに一旦置き、そのままになっていた湿った水着やバスタオルを透明のポリ袋に詰めていると、カチ、ジジジと机の方から音がして、見るとデスクトップのPCが勝手に起動を始めていた。四角い小さな画面がかなり明るく感じられ、電気を点けていない部屋が、陽が沈んでだいぶ暗くなっていたと知った。

なにも操作していないのに、なぜ。タイマーか？

デスクトップに『トワイライト・ジャーニー2』のテキストファイルがあるから、奏樹がユーザーなのだろう。

下へ下りて一〇八号室を訪ねると、奏樹が部屋から出てきた。

「ミルちゃん？　どうしたの」

「先ほど私の部屋にあるパソコンが、自動的に起ち上がりました」

「あっ、ごめんね。タイマー機能で三日に一度同じ時間帯に起動する設定にしていたのを直し忘れてた」

「私が起動を終了させても良かったのですが、もしかして大切なデータが失われたらいけないと思いまして」

「ありがとう、上に行こう」

彼は私の部屋へ入ると、パソコンを操作してつつがなく終了させた。

「なぜ自動的に起動する設定にしているのですか」

「ちょっと書きたいことがあって、でもこの島に来るとついゆったりしちゃうから、強制的にでも机の前に座るように習慣をつけたいと思って、タイマーを設定したんだ」

「作業とは、『トワイライト・ジャーニー2』の執筆ですか」

「あ、見ちゃった？」

「デスクトップにありました」

「恥ずかしいな。前作みたいにもう出版されることもないけど、自分のために書き出したんだ、大学に入ってから」

「『トワイライト・ジャーニー』、高校生の頃に私も読みました」

「読んでくれたの？　ありがとう！」

奏樹は私の方へ身を乗り出し、本当に意外そうに喜んだ。同級生が書いた本を読んでいたとしても驚くことではないと思うのに、彼には謙虚なところがある。

「旅先の綺麗で淋(さび)しげな写真が印象に残っています。文章も、どこかセンチメンタルな印象を受けました。旅行記なのにはしゃいでなくて、柔らかいけど愁いのある雰囲気が素敵でした。私はあまり読書をしないので、こんな感想は間違っているかもしれませんが」

「本当にその通りなんだ。実際あの頃の僕は、親父(おやじ)の仕事に付き合わされて旅行しているだけで、自分の意思なんて旅先の決定にはまったく反映されてなかったからね。でも主体性が無い旅なのがバレたくなくて、文章には隠してたんだ。心から楽しめる状況ではなかったけど、それでも美しい景色や瞬間は心に染み入ってきた。今は好きな時期に好きな場所へ行けることになって幸せだよ。だから書いている内容も、前回と雰囲気が違うんだ」

「『2』も出来上がったら読ませてください」

「恥ずかしいな。でも、うん。読んでもらえるとうれしい。そうだ、今日は最後の夜だし、みんなで星を見に行こうよ。島の宝物は海だけじゃない。夜空も星が満天で、海と同じくらい綺麗なんだ。今日はよく晴れたから雲もかかってなくて、最高の星空が見えると思う。これから浜辺に出ようよ」

「いいですね、行きましょう」

奏樹と二人で萌音の部屋へ誘いに行くと、すでに化粧を落としていたようで眉毛が無く、顔の下半分をタオルで隠しながら出てきた。海へ行こうと誘ってみたが、迷う様子もなくすぐに首を横に振った。

「私、やめとく。夜の海とか恐くて無理。ほら、ハブとか出るでしょ」

「与野島はハブは出ないよ。ヤモリはたくさん居るけど」

「ヤモリもあり得ない！　ヤモリとかに真っ暗ななかで囲まれたら、きっとギャーってなるし、ヤシガニにも出くわすかもしれないし、明日の出発時間も早いから、もう寝るわ。二人で行けば」

海でヤモリに囲まれる状況はかなり特殊ではないかと思いつつ、萌音はいくら誘っても部屋から出て来なそうな雰囲気だったので、もう黙っておいた。

「私は行きます。準備があるので少しお待たせしますが」

「大丈夫だよ。ゆっくり用意してきて。僕は先に下へ下りてる」

部屋へ戻ると履き替えられるようにマリンシューズを用意して、長袖の上着を羽織り、スーツケースのなかの凧が入った紙袋を取り出した。部屋から出ると萌音も廊下に出ていて、無言で小さくガッツポーズをしてくる。なんですか、と訊くと、いいから早く行っておいで、と背中を押された。

玄関で車のキーを指でいじりながら待っていた奏樹に、行きましょう、と声をかけたが、彼はさっきより少し気後れしているように見えた。

「まいったな、てっきり祝井さんも来ると思ったんだけどな。僕と二人でも、大丈夫？」

「はい、問題ないです。というか、私が原因なんです。萌音の天敵のヤシガニを、面白くてつい触らせようとしてしまったから」

「そんなことがあったの？　島には都会では見かけない色んな生き物がいるから、慣れない人にとっては大変だよね。この島では夜間でもめったに犯罪とか起こらないんだけど、早めに行って夜遅くならないうちに帰ろう」

私と奏樹は再び車に乗り、『てぃだ食堂』へ続く道とは反対方向の、海沿いの道を走った。まだ肌の火照りが冷めないのは、今日葵が浜で、なにも遮るものがない太陽の下に長い時間、晒されていたせいだろうか。日焼け止めは塗ったものの、まるで耳なし芳一のお経を書き忘れた部分みたいに、塗らなかった頭皮や耳たぶや服に覆われていたはずの背中が若干ひりひりしている。

「ホテルの下の海で見れたら近くて良いんだけど、あそこは下りていくまでの道が急で、夜だと危ないんだ。家花近くの海は逆に街灯が明るくて星が見えにくいから、別荘地帯の砂浜へ行こう」

車は内陸部の道を通ったのち、再び海沿いへ出て走る。今度は海は下にあるのではなく、道とほぼ同じ高さになっていた。人も車もまったく見当たらず、民家や別荘もしんとしている。

「おっと」

草藪から犬が出てきて奏樹がブレーキを踏んだ。元からスピードを出していないから危なくなかったが、暗闇から突然犬が出てきたこと自体に驚く。野犬と呼ぶにはあまりにも無邪気そうな、白い雑種の小型犬だ。ヘッドライトに照らされて、特に驚く風もなく、道の脇に沿って歩き出した。

「のら犬ですか」

「いや、おそらく飼い犬だけど、夜は外で放し飼いにしている家が多いんだ。犬もその方がうれしいだろう、って。ちゃんと帰ってくるみたいだしね」

奏樹は海岸のごく近くまで寄ってから車を停め、私たちは懐中電灯を持って外に出た。

「風が強いね。台風が近づいてきてるから、明日からは段々天気が崩れるって予報が出てたよ。二人とも本当に良いときに来た。あとは帰りの飛行機がちゃんと飛ぶと良いんだけど。あ、ここちょっとだけ階段あるから」

浜辺に続く短い階段の前で、奏樹が差し伸べてきた手を握って下りた。

真っ暗な夜の景色に海鳴りの波が砕ける音が低く大きく轟いている。夜の海は想像よりもずっと黒く猛々しく、人間が足を踏み入れてはいけない領域の気がして、少し心細くなった。碇を下ろした一艘の船が、波打ち際の近くに浮いているだけで人気は無い。

見上げると今までに見たことがないほどの、無数の星がちりばめられた夜空に言葉を失った。街で眺めてきた、北斗七星がかろうじて見える空と同じ空とは思えない。一つ一つの星が力強く瞬いて空を隙間なく埋めている。

「おいで。砂浜に寝転がって眺めよう」

大きめの懐中電灯で足元を照らしながら進む奏樹の後ろについて歩く。旋回してきた岬の灯台の明かりが砂浜全体を青白く照らす。

波打ち際から五メートルほど離れた場所にレジャーシートを敷いて二人で座った。寝転がるまでは圧倒的な海の存在感に気圧(けお)されて、真っ黒で巨大な海から怪物が出没しそうで恐かったが、仰向けになると星空の迫力に頭がしびれた。

いつも見えないだけで、夜空にこんなにたくさんの星があったとは！　生で見ると星々のエネルギーが身体全体に降り注いでくる。プラネタリウムの美しいが人工的な弱い光とは違い、星はすべて生きて輝いていた。あまりの壮大さに絶えず呼吸をしている自分がちっぽけで、すぐ死ぬ存在に思える。

これほどたくさんの星があるのに、どの星とも交流せずに幾多の命を乗せて回っている地球は孤独だ。この宇宙のどこかに、地球以外にも生命体がいるとすれば、と考えると気が遠くなりそうだが、本当に地球にしか生命体がいない、と考えた方が余計恐ろしかった。宇宙では流れている時間の尺も桁違いだから、もし違う星に生命体がいたとしても、もう何億年も前に滅びたとか、何億年もあとにならないと生まれないとか、誕生する時期が違ったらめぐり会えない。

「あの辺り、白く靄(もや)がかかっている帯が夜空を縦断しているの、見える？　あれは天の川だよ」

奏樹の指差す方向の先に、確かに靄が縦長に盛り上がっている。教えられなければ、雲だと思ったかもしれない。

「ミルキーウェイ。空にミルクをこぼしたような銀河だ。あれはおなじみの北斗七星。都会ではよく見えるけど、こちらでは星が多すぎて逆に分かりづらいね。あの赤く輝く星がアンタレス、さそり座の心臓だよ。釣り針形の尾の毒針、分かるかな。Sの字になるよう、明るい星を目で繋げてゆくんだ」

初めは分からず色んな星が目に入ってきて苦心したが、突如思っていたより巨大なさそり座の全貌が夜空に浮かび上がった。さそり座は横長で、地平を這うようにして夜空に低く浮かんでいる。さそりのちょうど心臓の位置にある赤いアンタレスを見ながら、あちらから見た地球はどんなだろうと考えたら、自分どころか地球自体がちっぽけな気がした。

壮大な星空を前に宇宙に思いを馳せて、なんとなく物悲しくなるのは、自分の生命が長大な宇宙の歴史からすれば一瞬で、始まりがあれば必ず終わりが来るとはっきり意識させられるからだろう。まだまだ謎だらけの宇宙に包まれながら生きているのに、些末な心配ごとにとらわれている日常が逆に不自然な気もした。

人工衛星が直線を描き、夜空を横切ってゆく。地球を見守りながら、気まじめに巡回して、けなげだ。頭の下に両の手のひらを敷き、黙って見上げていると星と星の間の黒い余白に吸い込まれそう。風は強く吹いているが、寒くはない。

「島に来てくれてうれしかったよ。まさかミルちゃんと来れると思ってなかったし、一緒に葵が浜に立てたときは夢みたいな気がしたよ」

「良い場所に来れたと感じています、ありがとう。奏樹に誘われなければ、この島を知らずに一生を終えていたと思います。それは、もったいないですね。自然が美しいだけでなく、どこか懐かしい感じのするこの島は、私にはとても肌なじみが良いです。身体を縛っていた紐が、一本一本ほどけてゆく感じ」

「そう言ってもらえると、与野島が大好きな身としては、ありがたいよ。気に入ってもらえるんじゃないかと思ってたんだ。この旅行は、正直僕にとってはあり得ないことで、祝井さんが旅行したいって言い出さなかったら、僕が与野島のことを口に出さなかったら実現しなかったんだと思うと、この場に一緒にいるのが奇跡の気がする。素直にうれしいよ」

私が来ただけでそんなに喜んでくれるなんて、私も素直にうれしい。声に出して言えれば良かったのだけど、胸がつまって黙ってしまった。でも夜の闇のなかで見えない虹が二人の間に架かって、虹からは互いの色んな想いが流れ込み合っているように感じた。夜空には天の川があるが、二人の間にも想いの帯がつながっている。でも目には見えない分、錯覚や完全に自分の思い込みの可能性もあり、私は確かめるのが恐かった。目が慣れてきて、星の明かりと砂浜を照らした懐中電灯の光だけで奏樹の横顔が見えてくる。

ちらりとこちらを見てきたので、目が合った。

まずい、目が眩んできた。夜なのに、まったくまぶしくないのに。彼から目をそらして瞬きをくり返す。

すぐ側にいるから匂いを嗅ぎ取ろうと、こっそり鼻孔を広げて空気を深く吸い込んだが、潮風が絶え間なく空気を洗うので無理だった。こんな近くにいるのに匂いが分からないなんて、もどかしくて悔しい。もっと近づけば、分かるだろうか。それとも私はただ単に、もっと近づきたいだけなのだろうか。

しゃべらない奏樹の視線が、私の頬に当たっている気がして胸苦しい。もしかしたら私を見ていないかもしれないのに、彼の方を見る勇気が無いから、確かめようもない。二人でいるなかで、二人とも話さないで、波の音だけが沈黙の隙間を埋めている状態が、こんなに緊張するなんて。

なぜか頭に昼に見た葵が浜の風景が広がった。海に沈んだ葵が浜はいまごろ再び姿を現しているのだろうか。いま私たちの前にあるのと同じ海に囲まれて、月光に照らされているのか。

緊張に耐えられなくなり、私は懐中電灯で手元を照らしながら持ってきた紙袋をあさると、なかから半月形の赤い口を開けて笑っている小ぶりなドラえもんを取り出した。

「なにこれ、ドラえもん!?」

「はい、凧なんです。凧揚げが好きなのですが、与野島でも揚げたいと思い、持って参りました」

奏樹が笑い声を上げた。

「いいね、揚げよう、見たいよ。でも夜なのに大丈夫？」

「正直夜に揚げるのは初めてです。でも風が強いので高度は出せそうです。これは普通の凧じゃなくて、飛行機や鳥と同じ構造で作られたバイオカイトなんです。生地もプラスチックの骨組みも軽量のため、揚がりやすいし持ち運びに便利です」

風が強いので走って勢いをつけなくても、凧は手を離して糸を何度か引っ張るだけで、ふわふわ浮いてきた。

糸を伸ばすと上昇は素早く、二頭身のドラえもんが海の上空へと舞い上がってゆく。あっという間に遠ざかって、姿は見えなくなりぴんと張った糸から風の圧だけが手に伝わってくる。ドラえもんを通して、夜空に触っている気分。星空の下で、たった一人で風を切っているドラえもんの心細さも相当だろう。

「すごく飛ぶね！　でも風が強いから、糸が切れないように気をつけて」

「そうですね。姿が見えないのもつまらないので、今夜は低めに飛ばします」

糸を巻き直して、目視できる距離まで近づけた。真上に揚げられるのがこの凧の特徴だ。奏樹の懐中電灯の光に照らされたドラえもんの笑顔の、半月形の赤い口が真っ暗ななかに浮かんでいて、奏樹が笑った。

「あのドラえもん、タケコプターついてないのに飛んでるね」

「ほんとだ。何度も見てるのに、気づいてなかったです」

凧糸をたぐるのは、ガムを噛むのやスマホをいじるのと同じで、緊張を単調な動作で解きほぐしたいからだった。

何か光った気がして、目をこらして空を眺める。灯台の明かりとは違う明るさ。奏樹も見たのか無言で私と同じ方向を見つめた。

遠すぎて音も聞こえない雨と稲光。でもはっきりと灰色の重そうな雨雲が、稲妻が光る度に見える。

「台風ですか」

「いや、まだ目に見えるほどは近づいてないと思うから、通り雨かもしれない。でもどちらにしろ、大きい雨雲だね。こっちも降り出すかもしれないから、そろそろ戻ろうか」

シートを畳み、私たちは歩き出した。行きと同じように階段の前で再び私たちは手をつないだが、奏樹は車に着くまで手を離さなかった。

塾の夏期講習の特別プログラム、小学生の理科実験教室『キラキラスライムを作ろう』には、小学一年生から六年生までの二十人弱が参加した。

水に少量のホウ砂を入れて溶かし、上澄み部分を掬い取る。緑の色水とPVAのりとホウ砂水溶液、あとキラキラさせるために爪用のラメを入れて混ぜる。この時点で既にどろどろしてくる。まとまって粘るまで根気よくかき混ぜる。低学年には力の要る作業で、皆顔を真っ赤にして割り箸でスライムをかき混ぜ、限界がくると高学年の先輩に混ぜるのを手伝ってもらったりした。

子どもたちはプラスチックコップに材料を入れて作っていたが、私は牛乳パックいっぱいに作っていて、出来上がったスライムをボウルのなかへぬるんと入れたら、食用色素が多かったのか緑色が濃く、かつピンクと黒のラメを結構含ませたので、沼にいそうな巨大な未確認生物みたいになっていた。ホウ砂の量を微調整したので弾力はピカイチだ。

「うわ、先生の作ったスライムきもちわるーい」

生徒たちが思わず教壇に集まってくるほどの奇怪なスライムを、両の手のひらに載せてぶるんぶるん揺すってみたら、生徒たちから悲鳴と歓声が入り混じった声が上がった。

「みなさん、時間が経つとなかの泡が消えてもっとつやつやして綺麗になるから、捨てずに置いておいて下さい」

「うっそだー、先生のスライムは綺麗になるの無理だよ」

「先生ってさー、スライムなんかさわってたら、いつまでたっても、およめさんになれないよー」

一番近くで見ていた小学四年生の志方さんが訳知り顔で私を諭した。

「そんなもんですか」

「うん、うちのママが言ってたもん。先生およめに行きにくそうって」

子どもたちはときどき自分の両親の言動を教えてくれる。以前には夫婦げんかでお父さんがお母さんを叩いたこと、お母さんが皿を投げたことなどを教えてくれた生徒もいた。というか、親の行動はむしろほとんど筒抜けだと思ってもいい。

「私個人の資質は措いておいたとしても、スライムとおよめは関係ないと、個人的には思いますが」

「スライムなんかさわってたら、かわいくないんだよーだ」

志方さんがそう言って舌を出すから、彼女の目の前でさらに激しくスライムを揺すったら、キモーイと言ってうれしそうに笑っていた。小四女子は大人っぽいことを言うけど、やはり子どもの部分も大いに残っている。

スライム作りが終わると、お迎えが来る低学年の生徒たちは帰ったが、高学年の生徒たちは廊下でだるまさんが転んだで遊び始めた。

「だーるーまーさんが転んだらおおけがして病院に運ばれたっ！」

私の世代の頃よりも、だるまが重傷になっている。鬼が振り向く度笑いをこらえてぴたっと止まっている子どもたちは楽しそうだ。本来は塾内で遊ぶのは禁止だが、今日は他の授業も無いし、注意するのはもう少し待とう。

今日使ったプリントを教壇でまとめていると、今回の理科実験教室のチラシの、〝対象年齢小学一年生～小学六年生〟の文字が目に入った。この言葉は小学生の彼らに対してではなく、私に向かって言われている言葉だと、すっと思い当たった。中高生が〝対象年齢〟でなくても良いではないか。私は小学生の彼らと共に居ると、こんなにも楽しい。一体何を迷うことがあったのだろう。夏休みが終われば進路相談課に高校教諭ではなく小学校教諭を目指したいと相談しに行こう。

＊

夏休み中に行っておいた方がラクだぞと誘ってくれた、家具屋の前で待ち合わせした諏訪さんは普段のスーツ姿からは想像できないハーフ丈のズボンを穿いて現れた。上は薄い水色の開襟シャツを着ていて肌が色黒なのもあって爽やかな風情だった。

「久しぶり。かなり日焼けしたな、野外のバイトでもしてたのか？」

諏訪さんから受けた印象とよく似た印象を、彼も私から受けたらしかった。

「与野島という離島に旅行へ行ってきたのですが、日差しがとても強くて、日焼け止めを塗ってても焼けてしまいました」

「ふうん。恒例の家族旅行で行ったのか」

「いえ、友人二人と」

「男もいたとか」

「男性一人、女性は私を含めて二人の旅行でした」

諏訪さんから反応が返って来なかったので彼の顔を見ると、彼は笑いだした。

「変な組み合わせの旅行だな。その男が、海松子か友達の彼氏なの？」

「いえ、全員高校時代の友人です」

「そんな男友達いたなんて、知らなかったな。まあいいや、今日は家具選びに集中しよう！　まず今の家で一番気に入ってない家具を教えてくれ。それを買い替えてから、他に必要なものがあったら買って行こう」

「テーブルですね。リビング、というか部屋は一つしかありませんが、そこに置く脚の短い食事用のテーブルを買い替えたいです」

通販のカタログを見て大急ぎで買った激安のテーブルは、冬は炬燵(こたつ)に変えられるのが利点だったが、炬燵布団を掛けられるように天板がすぐに本体から取れるようになっていて、ずれやすく、掃除でテーブルを動かす際、しょっちゅう天板が滑り落ちて危なかったので、買い替えたいと思っていた。半年も使っていないからまだ新品のようなものだし、もったいない気持ちもあるが、自主的な買い物を一切しないタイプの自分なら、今買い替えないと一人暮らしが続く限り、使い続けてしまうだろう。

「これはどう？　木の割には重くなくて移動させやすそうだし、女の人の部屋に合うんじゃないの」

セレクト家具の置いてあるそのフロアで彼が触れた、美しい木目と滑らかな曲線のテーブルは確かにぬくもりがありかつ洗練されていたが、おしゃれすぎて、うちに来たら突然来襲したＵＦＯぐらい浮きそうだ。おまけにさりげなく端の方に記された値段は、私のアルバイトの給料三ヶ月分だった。

正直に感想を話すと諏訪さんは笑い、

「分かった、じゃあもう少しカジュアルな店に行こうか。おすすめの店が通りを下っていった所にあるよ」

二軒目の店は男性が好みそうな無骨なデザインのインテリア用品が多い店で、ステンレスやプラスチック素材のものが増え、値段も安くなった。諏訪さんが見つけてくれた正方形の天板のコーヒー色のテーブルが予算範囲内だったので、これにしますと宣言したら、今度は諏訪さんの方からストップがかかった。

「本当にこれで良いの？　ちゃんと確認したのか、あんまりよく見てないようだけど」

バレている。私は二軒目にしてすでに厖大な品物の情報量に疲弊していて、おなじみのトンネル内のラジオ状態に陥っていた。店のＢＧＭのロックミュージックが直接脳に届いて激烈に響き、それほどきつくないお香の匂いも鼻に充満して取れなくなった。もはやどのテーブルがもっともすぐれているかを選ぶ能力も気力も、私には残っていなかった。

「すみません、品物を吟味して買うのが苦手で脳貧血が。ちょっと店を出たとこの道で休んできてもいいですか」

「疲れるの早いな。まだ一時間も経ってないぞ。いいや、外出よう」

ガードレールに座って一息ついた私を隣で眺めて、諏訪さんはやけにうれしそうだ。

「あ、ほんとに青い顔してる。めずらしいな、買い物が苦手なんて。普通男の方が先に音を上げるだろ。とりあえずさっきのはやめておこうか、好きってわけでもなかっただろ？」

「はい、やめておきます。心から好きと思えるものを探そうと思います」

店内に居たときはもう耐えがたいと思っていたが、外の空気を吸うと気分はいくらかましになり、家具探しを再開できそうなぐらい回復してきた。

「よし、手早く気に入りそうなものを探そう。こういうテーブルだったら良いな、と頭に思い浮かぶイメージはある？」

「ちゃぶ台。頑固おやじがひっくり返しそうなのが良いです」

「なんだよ、ちゃんとヴィジョンがあったなら、言ってくれれば合わせたのに。中古か？　新品か？」

「年季の入ってるものの方が良いですね」

「ならいい古道具屋があるから、そこ行ってみよう」

家具通りから一本奥の、細い路地を入った場所にある店は、いままでに入った店より照明が暗く、狭い店内にいつの時代のものか分からない家具や雑貨がぎっしりと置かれていたが、不思議なほど安心感があった。諏訪さんが店員に訊くと店内にあるちゃぶ台は一つで、脚が折りたためる小さめのサイズ、昭和の時代のものらしく表面は傷があり、日向（ひなた）くさい匂いがしたが、私は買うことに決めた。諏訪さんは飯を食う場所なのにそんな状態のもので良いのかと訊いてきたが、私はできればこのちゃぶ台に合わせて部屋を畳敷きに変えたいくらいだと答えた。

配達してもらうために自宅の住所を書いたあと、店員が手続きしている間、店のなかを見ていたら、黒ずんだ漆塗りの小さな棚があった。その年季の入った棚をひっくり返したりしながら念入りに見ていたら、二段目の引き出しの底裏に大きく〝ヘダ　トシ〟と書いてあった。このトシさんが特別なのかもしれないが、昔の人は家具にまで名前を書いたのかと思うと、黒々とした墨字が微笑ましく思えた。

「名前入りか。ばあちゃんっぽい字だなぁ」

「あ、そんなとこに書いてありましたか。気づいてませんでした」

店員が私の手にある裏返された引き出しを覗き込んできた。

「私、これも買います」

「ありがとうございます。名前が書かれちゃってる分、値引きしておきますね」

棚も配達にするかと訊かれたが、持ち運べるサイズだったので自分で持って帰ると言って断った。

「ちゃぶ台が買えて良かったな。もう一軒ぐらい行ってみるか」

「さきほどの買い物で予算が尽きたので終了します。夏の旅行でも結構遣ったので、この辺で止めておきます」

「旅行でそんなに金遣ったのか。どれくらい行ってたんだ？」

「三泊四日で。滞在費よりも飛行機代が高額でした」

「じゃあ帰ろう。棚は俺が家まで持って帰ってやる」

これぐらいの大きさなら自分で運べる、と最初断ったが、ずっと持っていると重くなってきて、地下鉄の階段を下りる頃には腕がしびれていた。私の速度が落ちたことに気づいた諏訪さんは、だから言っただろと棚を持ち上げ、軽やかに階段を下っていった。

私の作った本日の「3分クッキング」の献立を食べきった諏訪さんは、帰り道の途中で買った赤ワインを飲んでいるうちに、次第にろれつが怪しくなって寝転がった。

「なんだよ、男と一緒に旅行とか。これだから大学生は油断ならないよなぁ、すぐに仲が進展する」

諏訪さんは手を使わずに腹筋だけで上体を起こし、再びテーブルの前に現れた。

「つまり？　夏真っ盛りの離島で、相手の男と良い感じになったわけ？」

「良い感じとは？」

「ほら、付き合うとかさ」

「付き合ってないです」

「じゃあ告白されたとか」

「告白というか……」

諏訪さんは殴られたように顎を上向けると、再び倒れた。

「だろ～。やっぱり良い感じになってる」

奏樹と過ごした海辺の晩を思い出す。あれを、良い感じというのだろうか。確かに夜の潮風や月光に照らされた青白い砂浜は心地よかった。

「思い出に浸るなよ、俺だって妬くときは妬くぞ」

諏訪さんは立ち上がってテーブルを回り込むと私のすぐ隣に座り、私の肩を引き寄せたあと、私の手に自分の指をからませた。

気づいたら雰囲気が変わっている。諏訪さんを見送りに家の外へ出たときと同じ雰囲気だ。分からないくらい自然に、気づいたらいつもの彼とは別の人格にすり替わっている。明るいなかで変化したあとの彼の顔を見たが、私の想像していた意地悪そうな表情とは違い、恐ろしいほど真剣だった。

「二度目だったかな？　俺が海松子の家に行った日のこと覚えてる？　同じゼミ生だった奴らと教授に会いに行った日。俺は本来行く予定だったから、久しぶりだからって急に呼ばれて。次の日早朝から出張の予定じゃなかったけど、念のため荷物を持って行ったんだ。案の定みんな久しぶりに再会したのがうれしくてたくさん飲んで、早く帰れる雰囲気じゃなくなって、終電も無くなって、俺は自宅で荷造りしたトランクを、点検のためにお前んちの廊下で広げようとしてた。そしたら二階からパジャマで下りてきた海松子が〝何をしているんですか〟と訊いてきたんだ」

そのときのことはよく覚えていた。めずらしく我が家が深夜までにぎやかで、私は就寝の準備をして、寝る前に枕元に置くコップに入った水を、一階まで取りに行ったのだった。

「〝明日出張なんだけど、ちゃんと荷物詰めたか心配になってきたんです〟って俺が言ったら、海松子はしゃがみ込んで一緒に荷物を解き始めたよな。今はもうお前の行動には驚かないけど、あのときはなんだこの女！　って仰天した」

荷造りは私の得意分野で、彼のぱんぱんに中身が詰まっている中型のトランクを見ると我慢ができなくなったのだった。

「海松子は荷物全部、下着まで廊下に、まるで警察の押収品みたいにずらずらきっちり並べて、見渡してから〝靴下が一足足りませんね〟って言ったんだ。その通りだったよ。翌朝俺は空港で黒い靴下を買った。そのときにはもう海松子を好きになっていた」

私は彼の気持ちがまったく理解できずに困惑した。人を好きになる気持ちに関しては理解が浅いと自覚のある私だが、それでも彼の気持ちの動きは不可解すぎる。なぜ荷造りの粗を見抜いただけの女を好きになるのだろうか。

「意味分かんない、って顔してるな。俺だって自分でも分からないよ。こういうのは理屈じゃない。気づいたら惚れてて、海松子んちの庭で一度気持ちを伝えたのに無視されて恨めしかった。なに考えてるか分からなくて薄気味悪いって言われない？」

「冷静沈着なタイプなんです」

薄気味悪いって、彼は本当に私のことが好きなのかと訝りながら訂正した。

「違う。海松子は冷静沈着じゃなく、クールでもなくて、なんだかもっと不気味で、それがいい。冷やっとした目をしてて、心の奥が見通せない。それがいいんだ。理由なんか無いよ。今日は必ず返事をもらう」

「なんの返事ですか」

「俺と付き合うか、どうか」

「それ以前に人を好きになる気持ちが分からないんです」

「じゃあ俺が教える」

　彼の温度の高い手指と半袖の二の腕の熱が皮膚に伝わった途端、身体に如実な変化が起こった。よだれを垂らさんばかりに全身が弛緩し、彼の肩に頭を預けてしまいたくなった。鼻をつき合わせるほど近くで見るまで私は分からなかった。諏訪さんは男前だ。目力の強い顔立ちには怪しい魔力が備わっている。

　彼はデオドラントを振りかけているのか、もしくは香水を塗っているのか、彼の特徴ともいうべきサワークリーム&オニオンの匂いは消え失せて、サワクリ兄はただの兄になっていた。彼はゆっくりとしかし確実に身を寄せて片腕で私を抱く格好になった。

　彼は顔を近づけて、唇を重ねると舌をまろやかに滑らせて、私の口のなかへ割って入った。突然の侵入にびっくりして完全に一時停止している私の口内と違い、諏訪さんの分厚い舌はまるで我が家に帰ってきたかのようにのびのびと、ぐーにぐーにと美味しそうに旋回したり、私の舌をソファ代わりにして座ったりするので、あまりに官能的な動きに私は腰が抜けてしまった。

舌を抜かれたあとは息が上がり、自分でも分かるほど紅潮して目が充血していたので、あまり真っ直ぐ見られると恥ずかしかったが、私の片頬を手で支えて至近距離で私を覗き込んでいる諏訪さんは満足げだった。

「俺と付き合いますか？」

付き合うとか、よく分からないけど、さっきのはもう一度おくれ、と思ったが声には出さず、ただじっと見つめた。諏訪さんは心得たという風にまた顔を近づけ、先ほどと同じように舌で深く私の口内をまさぐり始めたので、私は満足して目をつむり、ひたすらされるがまま味わった。下半身は勢いよく火が燃えている蠟燭の蠟のように溶けて足元で冷えてかたまり、刺激されている分よだれの量も異常に増えて、諏訪さんの唾液もろとも何度も飲み下さねばならなかった。触れられている二の腕もぐんにゃりと溶けてくっついてしまいそうなほど肌がほとびて、全身を触ってもらえればどれほど心地よいだろうと思わずにはいられなかった。

これが、好きって気持ちなのか！

私がほとんど本能の勢いでひたすら舌に舌を絡みつかせると、諏訪さんの舌が初めて驚きを見せて、巣穴に帰ってゆく蛇のように撤退していった。身体を離そうとするので思わず腕を掴むと、爪を立ててしまったようで、いたっと呟いた諏訪さんは身体をさらに引っ込めた。

「意外とすごい勢いだね」

「何がですか」

「なんか……獰猛」

獰猛という普通は人間には使わない単語を言われてしまい、通常ならさすがに慎み深くなるところを、頭のなかにブルドッグが浮かんで消えていくだけだった。

私は鼻息荒く興奮し、これからさらにすごく濃厚な展開が始まると信じて疑わなかったが、逆に諏訪さんは余裕を見せ始めてゆっくりと乱れた襟元を指で直した。

ハァー、ハァーと荒れた息遣いの続く私を、諏訪さんは自分から引き剝がした。

「もしかして海松子って、結構遊んでんの？」

諏訪さんが何を言っているのか、ただでさえ分からない上に、頭に濃く白い蒸気が充満していて、意味を探る能力にも欠けていた。

「俺は遊びのつもりじゃないから。じゃないと海松子が大学に上がるまで待ったりしないし……あ〜混乱する」

やはり諏訪さんも混乱しているのだ。だから支離滅裂なことばかり言うのだろう。諏訪さんは混乱している姿さえも美しい。揺れる瞳、乱れて額にかかる漆黒の髪、若干息が上がっているせいで上下している胸と肩、しっかりした喉仏とアイロンのかかった薄青のカラーとの境界線。ボタンを外したその下の素肌が見たい。

わりと、いける！　今夜は帰さない。

再びにじり寄り彼の唇を塞ぎ自分の舌でなかをこじ開けようとすると、ぷはっと息を吐いて彼が顔を外した。

「やめろって。なんか海松子のキス、吸い込んできて恐い」

ピンポーン、とインターホンが鳴り響き、私たちは密着したまま動きが固まった。急なことでどうすれば良いか言葉が見つからずに黙っていると、今度はドアを叩く音がする。

「片井さん、帰ってらっしゃいますか。故郷から林檎(りんご)がたくさん送られてきたんだけど、あなたいくつか要らない？」

このアパートは男子禁制だ、諏訪さんを見られたら叱られる。静かにしていたら諦めて帰るかもしれない、と息を殺してじっとしていたら、再びドアがノックされた。なかなか帰らない。部屋の電気が点いているから、本当は居るんじゃないかと疑っているのだろう。

仕方なく諏訪さんと彼の靴を押入れに隠したあと、ドアを開けると、大家の鷲尾さんの奥さんは何も持っていなくて、代わりに色つきの眼鏡の奥から私の部屋の内部を素早く見回した。

「あら、やっぱり帰ってたのね。林檎は何個要るか分からないから、家に置いてきたの。ちょっと出て来られる？　うちへ取りに来たらいいから」

「ありがとうございます。ちょっと今すぐは、レポートを書いている途中なので難しいですが、あとで参ります」

「分かった、あと三十分ほどしたら私お風呂に入るかもしれないんだけど、それまでに来られるかしら」

「はい、大丈夫です」

「じゃあ待ってますね」

大家さんの奥さんは階段を下りて帰っていった。彼女が果物やお菓子をおすそ分けしてくれることは何度かあったが、こんなに取りに行くのを急かされたのは初めてだった。部屋に戻ると靴を持った諏訪さんが押入れから出てきて、狭かったのか気持ちよさそうに首を回した。

「林檎取りに行くんだろ、聞こえてた。俺はこの辺で帰るわ。俺は海松子のこと真剣に考えてるからさ。次会うときまでに、告白の返事は考えておいて」

なんという仕打ち！　私の身体の眠っていたスイッチを押したくせに、押しっぱなしで帰ってしまうとは。身体のほてりを鎮めてくれ！　と帰り支度をする背中に叫びたかったが、自分より大きな背中にしがみついて押し倒す勇気は湧かない。

彼が帰ったあと、三十分くらいでようやく思考が元通りになってきて皿洗いでもしようと立ち上がろうとしたが、やはり腰がだめだった。布団のなかで思う存分自慰をしたあと、すっきりした疲れと共に眠った。林檎を取りに行くのは忘れた。

心が曇ると身体がこんなにも重くなるとは知らなかった。朝起きて昨日までの記憶を思い出す前の五秒間だけはよく寝た心地よさで幸せだが、昨日までの記憶の読み込みが完了した途端、もうメモリが不足しているんじゃないかと思うくらい、完全に心も身体も重くなる。罪悪感と混乱が心を占めて、自分でも呆れるほど羞恥心はなかったが、恋愛できそうな可能性を見出したのにも拘わらずやはり自分は根本的には無能だと絶望した。

週末に会う予定だった奏樹に体調不良で行けないと、前日の夜に連絡して、私は布団をかぶり続けていた。午後にかかってきた昼休みの諏訪さんからの電話には、ありったけの元気を振りしぼって快活に応対した。いままでは夜の暗がりで見えなかった彼の顔が、まさにこの部屋で明るい電灯に照らされ、私はようやく彼が真剣だと気づいた。いままで非礼をしてきた分も合わせて、私は彼に真摯に振る舞わなければならない。どういうやり方であっても、傷つけるわけにはいかない。

誰かに相談したくてたまらず、萌音に電話した。

「なに？　もうすぐ授業始まるんだけど」

「すみません。私は今日休んでるので時間の感覚が無くなってました」

「授業無い日なの？」

「ぎっちり入ってました」

「風邪か」

「体調は良好。けど、心は重いです。悩みを打ち明けたいのですが、聞いてくれませんか」

「めずらしいね。まあ内容によっては聞く。つまんなそうだったりディープすぎたりしそうだったらやめとく、私も忙しいので」

「恋愛相談です」

断言すると携帯から萌音の黄色い声が上がった。

「キャー、おはつ！　長い付き合いで、初！　授業終わったら、秒で行くから待ってて」

本当にすぐにうちへ来た萌音は私が玄関のドアを開けると同時に、うれしそうに歌った。

「恋バナ恋バナ、恋バナ聞かせろー」

「諏訪さんとキスしました」

「は!?　だれ!?　奏樹はどこいった？」

萌音は鞄を乱暴に床へ置くと、カーペットの上にどっかりと座った。

「全部聞くから、時系列でちゃんと細部まで丁寧に話して！」

私が諏訪さんと家具屋へ行ったあとうちへ招いたまでの経緯を話すと、萌音は不服そうな顔つきになった。

「一人暮らしの部屋に男呼ぶなんて生意気なんだけど！　そんな隠し球がいたなんて、あんた今まで一度も口にしたことなかったのに。恐いね女の友情なんてそんなもんだよね、一流の料理人が桂剝き(かつらむき)にした大根のごとく、白くて透けててペラッペラだよね」

「父の教え子という認識で、まさか自分の人生に関わってくる人だとは思いませんでした。この辺りの自分の思慮の浅さにも後悔しているんですが。諏訪さんによると、彼は私が大学生になるまで告白するのを待っていたそうです」

「じゃあ、あんたの方に気があるかって言ったら、そうじゃない感じ？」

「おそらく、多分。キスのときは盛り上がってようやく私も恋を知ったと思ったのですが、冷静になった今は、あんまりにも冷静すぎてやっぱり違うなと気づきました。気持ちがまったく揺さぶられなかったといえば嘘になりますが」

「じゃあなんでキスまでしちゃったわけ？」

「それは、誘いがあった途端に身体が動いて」

「身体が動いた!?　あんたそれ男だったら、よっぽどたまってたんだねって言われるよ」

萌音の表情に現れた驚愕の度合いが諏訪さんとそっくりだったので頭痛がしてきた。私はやっぱりすごくおかしいようだ。この分野に関してはいつまでたっても標準になれない。

「男も女もこのことに区別はないと思います。つまり思春期からいままで一度も男性との触れ合いが無かった私は、相当情欲がたまってたんだと思います」

「恐い！　むっつりスケベにも程があるでしょ。ところであんた、奏樹とはどうなったの？　もう付き合い始めた？」

「付き合ってないですよ。旅行後、連絡を取り合い、また一緒に食事でも行こうかという話にはなっていますが」

「順調だね〜。ねえ、とりあえずキスした人のことは忘れて、奏樹に告白されたら付き合えば？　もしくはあんたからすればいいよ。〝高校生のときは自分の気持ちに気づかなかったの、ごめんね、だけど今は……！〟とか言って、目をうるうるさせて」

萌音の非常に難度の高い提案に思わず返事するのをためらう。

「うまくできる予感がしないですね」

「そもそもあんたは奏樹のこと好きなの？」

返答に困る質問を萌音は簡単にしてくる。好きだの愛だのという言葉を聞くと、どうしてもかつての拒否反応が甦ってきて、自分の気持ちを問いただしてみても、たまねぎのどこまでが皮か分からなくて全て剝き切ってしまい、残るは無みたいな感覚に陥る。

「分かりません。少し動悸はしましたが」

「動悸って、心筋梗塞でも起こしそうな言い方してるけど、ドキドキしたってこと？　じゃあやっぱ好きなんじゃん!?　奏樹といるとドキドキするの？」

「いえ普段はしないんですが、夜の海で二人で話していたときに」

「やっぱ私のアシスト効いてるじゃん。でも判定としてはグレーかな、誰だって真っ暗な海に男と二人でいたらドキドキしてくるよ。普段の何気ない日常でちょっと目が合っただけで電気が走るのが、恋だね」

「そうなんですかね、自信ありません」

　恋とはそんなにも細かく条件が決まっているものなのか。年頃の人間全員がこの条件を共有しているのだろうか。

　私にとって恋愛とは、最近になってから発見した、自分の心に建つ家の隠し部屋みたいなものだった。その部屋は二階の奥にあり、壁だと思っていた部分が実は戸で、押すと開く。なかには入れたけど、暗くて見えないから、手探りで照明のスイッチを探す。壁に手をすべらせて、探して、探して、見つからなくて。

　ようやく雲に隠れていたほの白い月の光が部屋を照らしたときに、スイッチ自体がそもそも存在しないと気づく。ショックよりも先に予期していた絶望が頭を涼しくして、逆に冷静になれる。

みんなの家にきちんとあるこの部屋が、私の家では壊れている。

バチッと静電気の衝撃を何倍にもしたような音が耳の横ではじけた。

「今のなに!? 漏電!?」

萌音は驚いた顔をして天井を見つめたが、私は自分のすぐ後ろで聞こえた気がしたので振り向いた。しかし後ろにも部屋全体にもなんの変化もない。

「なんだったんだろうね。で、話の続きだけどさ……」

萌音は何もなかったかのように再び話し始めたが、私は先程の音がまだ気になってい た。夏になるとレストランの玄関先などに虫を殺すために、紫色のライトの殺虫器が取りつけられることがあるが、そこに虫が触れたときのような音だった。音は部屋からというより私自身が鳴らしたのではと思うくらいの至近距離から聞こえ、鳴ったあとはなぜか身体がすっきりしていた。

「ねぇ聞いてる? 私の話」

気がつくと萌音の顔が不満げになっている。

「すみません、聞いていませんでした。なんでしょうか」

「だから、念のため諏訪さんの顔が見たいから写真見せてくれって言ってんの」

結局買わなかったものの、候補の家具はとりあえず写真を撮っておくように言われ、その際売り物のソファに腰掛けた諏訪さんが写り込んでいたので見せた。萌音は真剣な顔を画面に近づけて、諏訪さんの顔面を指で極限まで拡大した。諏訪さんの浅黒い肌をした顔が画面いっぱいに広がる。

「普通にめちゃくちゃかっこいい！　だーめだー。奏樹散った。百対一で、こっちのが良いわ。奏樹はまぁ、いい人だけど枯れかけの柳みたいだもんね、顔とか子泣きジジイの若い頃みたいだし。競わせたら可哀想なレベル」

写真から目を離した萌音の顔には、同情といってもいいほどの穏やかな微笑がうかんでいた。

「いやー本人見たら気持ち分かったわ。これはいい！　実物見たらきっともっとだね。かなり遊んでそうにも見えるけど。でも海松子が大学生になるまで手出さないでいたってことは、ちゃんとしてるのかもしれないね。うらやましいなー。本能が先に動いたってことでしょ、恐ろしい話だよ。世の中には人の理性を失わせるほど魅力的な人間がいるんだねえ。あのさ、あんまり深く色々考える必要無いと思う。これはとりあえず楽しみまくれば良いケース、結果オーライ、身体目当て上等。付き合ってちょっと経てば嫌でも心が追いついて、好きになっていくよ。おめでとう」

萌音はもったいぶって重く乾いた拍手をしたが、なぜ祝福されているのか分からない。

「もし諏訪さんの返事に〝はい〟と答えたら、生まれて初めて男性と付き合うことになるのですが、それでも深く考えない方が良いですか」

「だからこそ、本能のままに突っ走れ。頭で考えて好きな理由とか色々探しても、結局後付け、無意味だよ。男なんか女に比べて、そこらへんさっぱりしてて、可愛いとかやりたいイコール好きだって、単純さになんの疑いも持ってないんだから」

本能のまま突っ走れと言われても、突っ走るエネルギーがもう何も残っている気がしない。

「あんたのことだからこの人にもあだ名つけてるんでしょ」

「サワークリームオニイサン、略してサワクリ兄です。由来はある日の諏訪さんが汗を多量にかき、その匂いがプリングルズというポテトチップスの」

萌音が手で私を制す。

「もういい。訊いた私が馬鹿だった。てか告られてすぐキスでしょ？　やっぱり双方乗り気だと話が早いわ。奏樹とは小学生から友達なのに、未だ友達。差が明らかすぎて切ない。奏樹は控えめで、相手の気持ち最大限尊重する優しいとこが魅力だけど、人の心があんまり分かんないあんたには、そんな長所もいまいち伝わらないしね。付き合うまでにあと二十年はかかりそう」

萌音の言葉を聞いて、息が詰まるほど胸が苦しくなった。年月をいくら重ねても、私と奏樹の仲は進んでいない、深まっていなかったと言えるだろうか。むしろゆっくり時間をかけて、遅々とした歩みの自分を、少しだけ前をいく奏樹は何度も立ち止まり、振り返って優しい瞳を向けて手を差し伸べてくれた。

島の夜の海で二人並んで座ってようやく、私は海風にさらされても消えない自分のなかの熱い動揺する気持ちに気づいた。浜から道路へ上がる短い階段を上って車までのほんの数メートルの距離、ただ手をつないでいるだけの時間があって、たったあれだけの行為がいまでも心に残っている。でも私は軽はずみにも二人の積み上げてきた年月に激しく息を吹きかけて崩れさせ、砂塵(さじん)と化してしまった。

＊

「ちょっといいかな、秋の大学祭のことで相談があるんだけど」

翌日、授業が終わると滝澤さんが私の前の席に座った。

前髪のかかった眉根を寄せて、いつもの明るい表情とは打って変わって物憂げな雰囲気の滝澤さんは、机に肘をついて手のひらで口元を隠していた。脂性肌ともいえない滑らかな肌をしているから、あぶらとり紙を自らの脂で透かせるのは純粋な趣味なのだろう。彼女はアーモンドかカカオ、もしくはヘーゼルナッツのボディクリームもしくはコロンを腕や首に塗っているようで、彼女の肌の香りと相まって甘い匂いが漂ってくる。

「片井さん、当日はキッチン担当だったと思うんだけど、もし良かったらウェイトレスとして参加してくれない？　ここに来てウェイトレス希望だった人たちが大幅に減っちゃって、ちょっと困ってるの」

私たちのクラスは大学祭で喫茶店をすることになっていた。

「いいですよ。ウェイトレスとして参加します」

「即答！　すごくうれしい！　でも決めるのはちょっと待って。告知事項が一つある。ウェイトレスの制服が、もうほぼ出来上がってるんだけど、これが最終的に結構過激になっちゃって。ウェイトレス希望の人間が少ないのはそのせいなんだ。写真見てくれる？」

滝澤さんは携帯の画像を私に見せた。

「制服をどうするか話し合ってるうちに盛り上がってきて、みんなの案、てか、ほとんどりなっちの案なんだけど、喫茶って言うかどこのパブだよってぐらいきわどくなっちゃって。スカートすごく短いけど、私は下にペチコート穿いて長さ出そうと思ってる。片井さんももちろん下になにか着てもいいし、羽織ってもいいし」

「スカート丈は、特に気にしませんよ。どんな格好でも着ろと指定のあるものなら着ます」

「ありがとう、すごく安心した。このままじゃメインコンセプトのウェイトレスがほとんどいなくなると思って、内心気が気じゃなかったの。この名簿のウェイトレスの箇所に名前を書いてもらってもいい？」

滝澤さんが机に置いた用紙に自分の名前を書くと、彼女は何度も頭を下げた。

「ありがとう、恩に着るよ」

「私もクラスの一員なのだから、そんなに礼を言うのはおかしいです。出店の準備も今からで良ければいくらでも手伝います」

「ありがとう、心強いよ！　もっと早く訊けばよかった。片井さんってみんなで喫茶店するとかいう幼稚なノリは本当は嫌いかもと思ってて」

「幼稚ではないです。みんなで団結しないと達成できない難しい大切な仕事ですよ」

「私は話し合いの段階で制服のラフ画を見て、まずいな、とは思ってたの。でもりなっちがこれくらい露出しなきゃ客なんか来ないよ、って言ってくるから、勢いにおされちゃった。確かに可愛いし、大学祭の実行委員会から許可も下りてるし」

「なんでもいいですよ。衣服にこだわりはありません」

「ありがとう。当日の朝は普段の服装で来て、空いている教室を更衣室代わりに使うから、ノーメイクで来てね。スタイリストや化粧をやりたい側の子たちは、クラスにいっぱいいるから」

「了解です」

「当日までに私はメニューの質を上げた方が、来た人に喜んでもらえるんじゃないかと思って、コーヒーの淹れ方やピラフの具の相談をしようって提案したんだけど、りなっちはウェイトレスの制服にもっと手を加えたいみたい。他の子からも色々不満が噴出してるんだけど、りなっちと私は同じ友達グループだから意見が一緒と思っている人も多くて。私も賛成してないのに。なんか最近色々ツラくて。

あと明らかに目の整形してるくせに〝ものもらいができちゃった〟って言い張ってるのに合わせるのもキツい。左目がぱっちりしたあとに次は眼帯を右目につけてきて〝ものもらい、こっちにもうつっちゃった〟とか言ってんのがね。大学入学前に仕上げてくればいいのに。って、私、悪口ばっかりだ、ごめんね！　ほんと性格直したい。変なこと聞かせちゃってごめんね。私だって、りなっちのこと悪く言えないほど変なとこは、たくさんあるはずなのに、あの子の粗探しばっかりしちゃって」

「いえ、大丈夫です。私で良ければ聞きます」

以前ならなぜ人に悩みを相談する必要があるのか疑問に思ったかもしれない。話したところで解決しないだろう、と。しかし自らも目下悩みを抱えていて、萌音に心中を吐露して楽になったのをついこのあいだ経験しているから、滝澤さんの力になりたかった。

「そお？　じゃあ、もうちょっと話していい？　りなっちは本当に仲の良い友達だし、同じグループの子には言えないの。今回のことで腹が立ってるだけで、嫌いってわけじゃないしね。でも激務で疲れてるのもあって、溜まっちゃってて」

「どうぞ。溜まるのが辛い気持ちは、私にも分かります」

「単に平和に楽しくしたいだけなのに、必ず一定の割合で私のこと〝世話焼きキャラ〟と勘違いしてくる子が現れるんだよね。面倒見いいとか姐御肌とか勘違いするみたい。実際は八方美人で、しかも臆病者だから世の中の良い面だけ見て、私は充実してる、友達もたくさんいて最高の大学生活送ってるって調子にのって、ふわふわしてたいだけなのに。だから世の中のダークな面を見つめなきゃいけない暗い相談ごとって、正直黙って聞いてるのさえ嫌で。同情もあんま湧かない。でも嫌われるのが嫌だから雰囲気だけで勇気づけちゃったりして、そしたらまたなんかあったら悩みを聞かされるんだよね。あの子あらゆるSNSやってて、病み発言すごいの。かと思えば水着姿とか出かけるときのコーデとか、寝る前のパジャマ姿の画像を公開して、めっちゃたくさんの男から、〝いいね！〟をもらってるよ。可愛いからアイドルみたいな扱いになってる。でも限定公開でリスカの傷跡見せてきたり、病みポエム垂れ流したり、重すぎるって身内には敬遠されてるよ。何気にスクロールして見てて、りなっちのダークな画像が目に飛び込んでくると、途端に疲れるんだよね。はぁ」

仲が良さそうに見えた二人だが、滝澤さんとりなっちさんの性格は、どうもずいぶん違うようだ。友達同士で群れている、と一口に言うが、群れ続けるためには一定のストレスも引き受けなければいけないと気づかされる、滝澤さんの愚痴だった。大学での彼らの笑顔の裏には、外には見せない努力が隠れている。

＊

大学の授業を終えて自宅へ帰ってくると、そのまま休みたかったが、明日のレポート提出のためどうしてもコピーしなければならないノートがあり、資料も必要だったので実家の近所の書店に自転車で出かけた。人混みが嫌で電車に乗る気力は湧かなかった。一階隅のコピー機コーナーで用事を終え、必要だった文庫を一冊買ってから、また自転車を引いて商店街を自宅の方向へと歩いていたら、同じく自転車を引く奏樹が反対方向から歩いてきた。私の背筋は急に伸び、がっくりと垂れていた頭は上を向いた。

「ミルちゃん、こんばんは。偶然だね、商店街で買い物だったの？」

「こんばんは。はい、書店にコピーを取りに行ってきました」

「そうなんだ。そういえばこの前大丈夫だった？　体調くずしたりしたの？」

「体調というか、少し精神の調子が悪かったのですが、今はもう元に戻りました」

「大変だったんだね。良くなったなら良かった。じゃあ僕は薬局に行ってくるよ」

もう少し一緒にいるかと思ったら、本当にすれ違っただけで終わりそうだったので、私はハンドルを回して自転車の進む方向を反対に向けて、奏樹の後ろをついていった。

「え、一緒に来てくれるの？　うれしいな。湿布買うだけだけどいい？　母親が昨日から寝違えなのか首が痛いらしくてね」

「はい、私も薬局で何か……。ついていきます」

奏樹と会うと萎んでいた心に急に空気が入り、みるみる膨らんで張りが出てきて、歩調も毅然とした。最近はどこを歩いても行き先なくぶらついているだけの気分でいたが、ときどき振り返って笑顔で私がついてきているか確認する奏樹の後ろにいると、光の差す方へ向かっているようで歩きやすい。

「もし時間があったら、ここからすぐの、さくら公園に行かない？　覚えてるかな、小学生のとき放課後、よく遊びに行った、春になると桜が綺麗な公園」

「もちろん覚えています。行きましょう」

小学校の方面には卒業以来特に用事がなく、実家に居たときでも行かなくなっていたので、さくら公園は近所にあるものの、ものすごく久しぶりにちゃんと見た。地面の思い出がすごくある公園だ。友達と黙々と木の枝で掘り返した茶色い土、真ん丸で固くした泥団子に振りかけた、さら粉と呼んでいた白い砂。見かけると必ず埋めた蟻の掘った穴、意外な場所から芽を出すたんぽぽ、白い小さな石ころを集めて宝石と呼んでいたあの頃。

土の味と食感はいまでも覚えている。色がチョコレートに似ていたので、広場の隅の湿った土を時折食べていた。また落とした飴も再度口に入れるなどしていたため、そのときにも付着した土や砂は食べた。大人になったいまでは、砂粒の入ったあさりを食べただけで、ガリッという衝撃の食感に運の悪さを重ねたりするが、あの頃は不思議と土色のまんじゅうを喰っているかのごとく違和感が無かった。甘いと思い込んでいれば、不思議な甘みを舌の先で感じることができた。

同じ土喰い仲間だった堀田さんの影響も大きかったかもしれない。彼女は恐れずなんでも食べてみる女傑で、ガム代わりに輪ゴムをいつも嚙み(「歯並びが綺麗になる」と言っていた)小学校の教室では色の違うチョークを食べ比べして「黄色はすっぱい、青はかき氷のブルーハワイの味、赤は甘い」とまんま見た目通りの評価を下していた。公園で共に遊んでいると、彼女がおもむろにしゃがみ込み、湿っている土を食べ出したときに、ちょうどおやつどきで腹の空いた私は真似をしたのだった。

お腹が痛くなることも歯が欠けることも無かったが、小学校に上がってまで土を食べていてはいけないのではないか、という道徳心が無いわけではなかった。なので大人に隠れて食べていたのだが、遂にある日曜日の昼下がり、公園に父がついてきているのを忘れ、私は実にナチュラルに土を口に入れた。

「なにしてるんだ、吐きなさい」しゃがんでいる私に父が立ったまま命令するので、私は父を見上げながら、土を吐きだそうとした。地面の上に私の吐いた土の小さなしぶきが黒く散り、口の端からは灰色の唾液が下に伸びた。唐突に私は〝やっぱり土は甘い〟と確信した。ブラックチョコレートに味が似ている、甘いなかにどこか苦味があって、噛んでいると口のなかで溶けてゆく……。

　思わずもう一度土を摑み口に含むと、こちらを見下ろしていた父と目が合った。母なら血相を変えて指を口に突っ込み吐き出させるところを、父は観察するような冷たい瞳で私を眺めている。

「どんな味がした？」

「え？」

「土はどんな味だったんだ」

「チョコレート……」

「なるほど。鉄分の含有が共通しているのかもしれない」

〝お父さん、言うほど心配してなさそうだな〟と漠然と感じた。以前私が水に濡れて煙を出しているドライアイスを食べてみたいと言い出して聞かなかったときも「じゃあ食べれば」と言い、同じ表情をしていたからだ。ちなみにドライアイスは舌に触った途端冷たすぎて熱いという異様な温度だったので、秒で吐きだした。そのときも味を訊かれたが、さすがに味わう暇がなく、分からなかった。父は、娘が言うことを聞かないから注意がめんどくさくなって放棄した、なんでも口に入れる愚かさを軽蔑している、といった表情ではなく、食べたらどうなるんだろうという純粋な好奇心の光を目の奥ににじませていた。

　堀田さんとはつつじの蜜を吸ったり、さやえんどうに似た雑草の実を食べたり、実に楽しく遊んでいたが、食を極めた彼女が虫の羽を食べ始めてからは距離を置かざるを得なかった。彼女は「カルシウムが摂れる」と言って、蟬の羽の一部を載せた舌などを見せてくれたりしたが、虫系はなんというか、私にとってはジャンルが違った。

　大人になった現在、他人よりも腹が丈夫で、少々腐ったものを間違えて食べてもへっちゃらなのは、この幼少期の経験のおかげかもしれない。

　夕方の、茜色に染まった空の奥行きが深い。日を追うごとに日暮れが早くなる、夏が完全に終わろうとしている。奏樹は広い空を見上げながらゆっくりできる場所を見つけるのが上手い。彼は小学生時代をよく覚えていて、ベンチに座ると、あそこの運動スペースで小四の頃クラスの子たちと一緒にドッジボールをしたね、あの鉄棒では逆上がりの練習を他の子たちと一緒にしたね、と私との克明な思い出を語った。

「記憶力がいいんですね」

「ミルちゃんと一緒に居たときの記憶はほとんど残ってるよ。自分でも呆れるくらい」

実はさっき自転車の乗り方を見て、私も小学生の彼を思い出していた。いまは銀色の自転車だが、小学生の頃の彼は黒いマウンテンバイクに乗っていて、どこかに停めるまえ、ゆるやかにスピードを落としたあと、少し腰を上げて、つぃーとスムーズに前輪を壁面に沿わせて綺麗に停車していた。他の子たちのせわしない急ブレーキの連続の停車と違い、丁寧で優雅に見えたので、憧れた私は彼のツバメの旋回のようなハンドルさばきを密かに真似していた。

一つ覚えていると伝えようとするだけで、こんなに緊張して結局話せない。自分の気持ちを包み隠さず、素直に自然に打ち明けられる彼が眩しくさえある。

「もしかして、僕の態度が分かりにくくて困らせてる？　だとしたら、ごめん」

黙った私を奏樹が心配げに気遣っている視線を自分の横顔に感じる。目が合うのが恐くて、首が固定されているみたいに前を向いたまま動かない。

「あのさ、はっきり言うよ。僕……」

バチッと殺虫器に触れた虫が爆ぜるような、何もない空間に亀裂が走るような音がまた聞こえた。奏樹にも聞こえたようで音のした方向、私の背後に一瞬目を遣ったが、特に気にしなかったらしく再び私の顔に視線を戻した。だけど私はすでにベンチから尻が浮いていて、爪先は公園の出口に向いていた。

「すみません、また日を改めて、ゆっくりお伺いします。今晩は家族と外食にでかける予定で、時間が迫ってきたので行って参ります」

「そうだったの！　ごめんね、約束もしてないのに長く引き止めて」

「まったく問題はないです。まだまだ間に合う時間ですので。それでは失礼します」

　奏樹に追いつかれる前に公園を出て、自転車にまたがり、頭を下げながら発進する。ずっと話したい、一緒に居たいと思っていた人間と偶然にも会えたのに、嘘をついてまで早く帰るなんて、自分がこんなに臆病者だとは思っていなかった。与野島にいたときは自然に振る舞えたのに。そしてさっきの、私に助け船を出してくれたような破裂音はなんだったのだろう。前に萌音と一緒にいたときも聞こえたやつだ。

＊

　今日は一緒に実家で夕食を食べないかと父親から電話があり、親から誘われたのは一人暮らしを始めてから初なので、意外なほどうれしく、大学を早く出すぎて夕方の四時半に着いた。風呂に入ったあと六時から母の焼いてくれたビフテキを食べ、満腹でソファに座ってくつろいでいたら、父に書斎へ呼ばれた。確かに父は電話で「ついでに話したいこともあるから」と言っていたが、私は改めて呼ばれるまで忘れていた。

「この前、鷲尾さんから聞いたんだがね」

父は話を切り出して早々、一旦沈黙した。大家の鷲尾さんには、引っ越しの前にようかんを持って挨拶に行った。アパートは三階建てで部屋が全部で八つの小さな造り、居住者は私と同じように近隣の大学へ通う学生がほとんどで、「うちは何人もの学生を見てきましたので、大丈夫ですよ」と鷲尾さんは母に笑いながら言っていた。

「いや、時系列で話した方が分かりやすいだろう。私たちがお前の部屋を探していたときにまで話はさかのぼるんだが、実は大学に受かったら娘を一人暮らしさせようと思うという話を大家の鷲尾さんにしたら、〝もし娘さんがうちに越してくるなら、ただ部屋を貸すだけじゃなく、随時見守って、なにか異変があれば連絡する〟と請け合ってくれてね。で、あそこにしようと決めたんだ。鷲尾さんはアパートのすぐ隣の一軒家に住んでるから、確かに目は行き届くだろうと思ってね。お前が入居する前にこの話をすれば良かったんだが、親とそんな約束までしている大家がすぐ隣にいるなんて、見張られているみたいで嫌だ、と言い出すんじゃないかと思い、言わなかった。今頃になって打ち明けるのを、許してほしい」

鷲尾さんと父が事前にそんな話をしていたのは、確かに知らなかった。しかし今、聞いたあととはいえ、別になんとも思わない。

「隠さずに話してくれたって、なんの支障も無かったですよ」

「で、話の続きなんだがね」

父が顔に力を入れたので、額や口周りの皺が深くなった。

「入学から今まで、お前は大学と塾のアルバイトに行く以外はほとんど遊びに行かず、規則正しく深夜になる前に帰宅していたらしいね。大学生というものは受験の重圧から解放されて、入学してすぐは新歓コンパだの家飲みだのと、夜遅くまで、どころか朝になるまで騒いで羽目を外すものだ。だから最初は大目に見てやってください、と私と母さんは鷲尾さんに頼んでいて、鷲尾さんも学生の生態をよく知っているから〝心得ています〟と仰っていたのだけど、お前は品行方正で、酒に酔って帰ってきた日すら無かったらしいね」

「まだ飲んではいけない年齢ですから」

「その通り。……で、最近なんだが、部屋に男性が遊びに来たようだね」

「はい。諏訪さんです」

「やっぱりそうか。いや、鷲尾さんの奥さんが偶然男がお前の部屋に入っていくのを目撃したと、この前さっそく電話をかけてきたんだが、その入っていった男の外見の特徴が、諏訪に似ていてね。あいつは目立つ男だから」

「今年の五月に諏訪さんがこの家へ遊びに来たとき、家具を選ぶ手伝いをすると言ってくれたのですが、しばらく日が合わなくて、二週間前に一緒に家具を選びに行き、そのとき私の一人暮らしの部屋に棚を運んでもらったので招待しました」

父は頭まで背もたれが伸びている愛用の椅子に身を沈めた。

「そうか。勘違いしないでほしいんだが、私は諏訪とお前の仲を引き裂こうと考えているのではないんだよ。諏訪でも、他の男でも、お前の交友関係に口出しするつもりは毛頭無い。アパートだって同棲さえしなければ、男子禁制とは謳っているもののそれほど厳しくするつもりもない、と鷲尾さんも言っていたし。ただもし諏訪とお前の仲が発展しているようであれば、今度二人をうちに呼んで食事会をしないかと誘おうと思ってね。諏訪は以前からお前を好いていたようだし、この古い家のことでも世話になっているので、軽い慰労の気持ちも込めて」

「仲の発展とは、付き合うということですか？　諏訪さんからは要請されましたが、私はまだ返事をしていません」

「えらく詳しく教えてくれるんだな。なるほど、返事はまだなのか。差し支えなければ、これからどうするつもりか聞かせてくれないか」

「特に付き合いたい気持ちは無いので、断ろうかと思います」

父は吐息まじりに唸ると、こめかみに指を当てた。

「つまり、あいつを好きではないんだな」

「嫌いではないですが、特別好きなわけでもないです」

迫られたときは思わず鼻息を荒くしてしまったが、あれは好きという感情とは多分違うのだろう。

「お前はいままで特別好きになった相手はいたのかい？」

「一人もいません」

父はまた吐息まじりに唸り、私の瞳を見つめた。

「私と母さんの心配しているのは、お前のそういうところでね。昔から他人に関心が無いというか、他人と深く交流することが無いだろう。高校のときに初めて萌音さんという友人ができて、うちにも遊びに来てくれて、あのときは私も母さんも大喜びしたものだ。学校の二者面談のときは担任の先生から必ずといっていいほど〝成績は問題ないが、クラスで孤立している。軽いいじめも発生しているが、本人は気づいていないようだ〟と報告を受けていたからね。いや、とは言っても私もお前の性格は若干分かるんだ。私も正直人付き合いが苦手で、書物を自宅で一人読んでいるときが一番幸せな人間だからね。お前の孤独癖は私からの遺伝かもしれない」

「いままでの人生で、何一つ困ったことはありませんよ」

自分がクラスから孤立していて、軽いいじめまで受けていたと歴代の担任が思っていたというのは初耳だが、私本人としてはクラスの皆から外れていた記憶は一つも無かった。むしろ小学生から高校生までの十二年間は、飽きるほど他人と同じことを真似て似せてやり続け、毎日同じ日々を送っていた。確かに学校でしゃべった回数は数えるほどしかないし、話しかけられた記憶もまた少ないが、それをいじめと思うのは、担任たちの考えすぎではないだろうか。

「私と母さんは話し合った結果、お前は我が家での居心地が良すぎて、すぐ帰ってきてしまうから、学校での居場所を築く必要が無いのではないか、と結論を出したんだよ。うちでのお前は非常に生き生きして、よくしゃべるし、私たちにも優しく、笑顔も見せるからね。私と母さんが世間と隔絶していささか風変わりに暮らしてしまったのが、お前にも伝染して、我が家でしかくつろげない娘になったのではないかと反省したんだよ」

ようやく自分の一人暮らしの謎が解けて、内容云々より先に胸のつかえが取れて清々しくなった。そうか、私に他人にもっと興味を持たせようと一人暮らしを勧めたのか。一人暮らしになっても直帰癖はそのまま続いているが、父母はむしろ大学やアルバイト帰りに寄り道したり、友人どうしでどこぞのレストランに出かけたりすることを望んでいたのか。

「話が逸れてしまったな。諏訪のことに戻るが、いくらお前に他人と交流してほしいと私たちが願っていたとしても、相手を好きではないのなら仕方がない。まあ、諏訪は社交的だからお前とは友人関係に簡単になれるとは思うが、そんな関係を諏訪は望んでいないだろう。

実は私も諏訪のことはよく分からないんだ。卒業してからも慕ってくれるのはうれしいが、お前も知っての通り、父さんは友人が出来にくい性質でね。私用で会う人間はいることはいるが、友人かと問われれば実感がわかない。諏訪もその一人だし、年齢が親子ほど離れているのだから、なおさらだ。彼について詳しく知りたいと思ったことも、一度もない」

父の言葉に頷きながらも、内心は地味に衝撃を受けていた。父の諏訪さんに対する思いは薄かった。ではこれまで私たち一家はなぜ彼を、まるで旧来の親友のように定期的にもてなしていたのだろう。母も父が諏訪さんとそれほど親しい仲ではないと知れば驚くだろう。でももっとも驚くのは諏訪さんかもしれない。彼は明らかに父を慕っていた。彼が私に発した「なに考えてるか分からなくて薄気味悪い」という言葉が今になって理解できた。

「中華風唐揚げさんま定食か……」

　食堂で昼飯を食べていたら上から呟く声がして、振り向くと増本くんが私の食べているメニューを覗き込んでいた。彼と会うのは、先日の大学祭で話したとき以来だ。

「その通り、今日のA定食です」

「良い選択だな。さんまは旬だし、白飯大盛り無料キャンペーンも適用できる」

　彼は一旦その場を離れて注文コーナーに並んだあと、A定食をトレイに載せて持ってきて、私の隣に座った。

「喫茶店のメニューだった、ツナキャベツサンド、すごく美味しかったです。キャベツを多量に使うことにより、コストを抑えつつもヘルシーで爽やかな味を実現していましたね」

　増本くんは大学祭ではキッチンのチーフとして活躍し、オムライスの玉子を絶妙な焼き加減で仕上げる腕はどの学生よりも秀でていて、もはや彼は自分のグルメを隠さなかった。

「中華料理屋の厨房でアルバイトしてるから、おれのチャーハンすごいぞ。だからお前に食堂で食べ物熱心に選んでるって指摘されたとき、実は図星で焦ってた。よく気づいたなと思って。おれはキャベツが好きなんだ。キャベツは庶民の味方だからな。おれはグルメじゃないぞ！　いいか、おんなじメニューを頼んでいるように見えてもおれの中華風唐揚げさんま定食とあんたの中華風唐揚げさんま定食では、食べてる意味が違うんだ。こっちはあんたみたいに食べようと思えば好きなだけ食べられるお嬢様の選り好みじゃなくて、本気で一日一食くらいしか食えないほどの貧乏だから、メニューを厳選してるの」

「私はお嬢様ではないですが」

「気づいてないだけ、豊かなのにそれが普通と思って過ごしてるだけ。コスパとか栄養にこだわるんなら、大学の近くにもっと良い店があるぞ」

「耳寄りな情報ですね。どこですか」

「学生会館の裏にな、店内は汚くて、むさい男子学生とくたびれたサラリーマンしか居なくて、店の人間は注文取るときも品物持ってくるときも一切しゃべらないという、食事以外の楽しみを一切省いた『ポテンシャル』という食堂がある」

「知りませんでした」

「外観がまずいせいか、おれは女子学生が入っているのを見たことはないが、味は美味いしキャベツの千切りとみそ汁、飯のおかわりは自由、大体の定食は六百円を切っていて、安いことこの上ない。安食堂にありがちなメインのおかずが揚げ物だらけの店と違って、ロールキャベツや、ポトフみたいな野菜が豊富な煮込み料理の定食もたくさんある」

「分かりました。今度行ってみます」

「なあ、今日ってなんか用事ある？」

「いえ、特に。バイトのシフトも入ってないし、授業後は直帰の予定です」

「今夜七時からうちでクラスの奴らと宅飲みするんだ。滝澤と山﨑と林とあと何人か。暇なら来ないか」

「行きます、どうぞよろしくお願いします」

「即答だな。よし、じゃあ大学のすぐ近くに、『テンダー』って美容室があるだろ？　あの店が入ってるマンションの三階の三〇一号室に七時に来い」

『テンダー』は大学の正門のすぐ近くの店で、しょっちゅう通りかかるので利用したことは無くても看板は覚えていた。

「大学のすぐ近くに住んでいるんですね。私も近いですが、それ以上です」

「うん、大学は毎日行くんだから、なにより近い場所に住むのがいいだろ。片井さんは実家こっちだろ？　なのに一人暮らししてるのか」

「はい、親に勧められたので」

「ふうん。ま、いいや、酒もつまみもこっちで準備するから何も買ってこなくていいからな。あとで割り勘」

「はい、ありがとうございます」

大学に入ってから個人的な飲み会に参加するのも、誰かの家に招ばれるのも初めてで、体調は良くはなかったがぜん楽しみになってきた。


七人の大学生が入ると、1Kの増本くんの部屋は満杯になった。ちゃぶ台を囲んでも座りきれないので、二人がベッドに、増本くん自身はデスクのチェアに座った。

「この机、ツバの臭いがするから嫌なんだよ」

増本くんが言うと、わっと声が起きて、皆が机の方を見た。

「なんで机がそんな臭いするんだよ。舐めたのか」

「机の上で寝て、よだれが垂れたとか？」

「違うんだよ、何回も拭いてんの。でも臭いんだよ、なんでかなぁ。お前、嗅いでみ」

林くんが顔をしかめて嫌だ嫌だと言いつつも、机に鼻を近づけておそるおそる嗅いだ。

「確かに臭いな。ほのかだけど、確かにツバだ。普通の木の机に見えるのに、臭いは異質だ」

「だろ、不思議だよな。ほら、みんな座れよ。いいか、お前ら飲んでハイになっても、だからな」

絶対に騒ぐなよ。この前もかなり気をつけてたのに、大家のおばさんが注意しに来たん

「恐い人なのか」

「恐くはないけど、おれは苦手だ。この部屋にもあるけど、大家の部屋にも風呂場に乾燥機能がついてるはずなのに、時々木綿（もめん）のデカパンを玄関ポーチの向こうに干してるんだ。他の衣類も干しててデカパンはそのなかに紛れてるんだけど、家賃渡しに行くときとかどうしても目がそっちにいっちゃって。全然見たくないのに」

「おまえ、誘惑されてるんじゃないか」

「やめろよ」

増本くんは照れたのか、大きな三つのレジ袋から無造作に色んな種類の酒を取り出してちゃぶ台に並べ始めた。皆手に取ってラベルを確認し、好きなものを選んでグラスに満たしていく。

乾杯の声を聞きつけたのか、増本くんの恐れていた大家さんが一階から上がってきてインターホンを鳴らした。玄関に出た増本くんが小声で大家さんと話している間、私たちは一言も発さずに飲み物をなめた。後ろ姿の増本くんは後頭部を掻きながらしきりに頭を下げている。

「どうだった？　怒ってた？」

「怒ってなかった。続けてもいいけど程ほどにねって釘を刺されたよ。お前ら静かに飲めよ」

「増本くんの予言通り、ほんとにすごい速さで来たね。こわーい」

「大家さんは神経質なだけで良い人だよ。仕切り直しでもっかい、かんぱい」

私たちは一度目と比べものにならないくらい控えめにグラスを打ちあわせて、小声で話を始めたが、話題が盛り上がるにつれてやはり声量は大きくなってしまう。

「ところでりなっちさんはなぜ酒瓶と共に写真を撮っているのですか？」

「芸能人じゃあるまいし酒瓶に顔寄せて自撮りしたところで、宣伝料も入らないんだからやめとけ」

「だってこのボトルおしゃれだし、新発売だし、宅飲みってタグつけたいし」

「可愛い酒瓶とうつってたって、おっ、可愛いななんて男は思わないからな。おっ、酒飲みだな？　って思うだけだから。お前しかも瓶でほっぺたから顎にかけての面積を隠して小顔に見せようとしてただろ。おれは実家にいたときに妹が何時間もかけて明かりの一番強いリビングで自撮りを繰り返すのを見てイライラしてたから、女の写真の小細工には詳しいんだよ。顔を写したいくせに、髪やら手やらモノやらで顔を隠して、矛盾してるだろ。ばーか」

「いいでしょ。好きに撮らせてあげなよ」

滝澤さんがりなっちさんをかばう。やはり仲が良さそうに見えて、滝澤さんがこの前りなっちさんについて嘆いていたのは幻みたいに思えてくる。

「そうだよ、私の好きにさせてよ。増本は女心がまったく分かってない」

「分かりすぎるからこんだけ文句言ってんだろ、ばーか。あと酒瓶から顔を引くのもやめろ。マッチ箱じゃないんだから比較しての小顔効果を狙うな、ばーか」

「あの二人ほんとに喧嘩してるんじゃなくて、いつもああやってじゃれあってるだけだから、片井さんびっくりしないでね」

「あとでみんなで撮ろ」

「おれの部屋を全世界に発信するな！」

みんなで宅飲みとはこのような感じかと味わいながらお茶を飲んでいると、滝澤さんが手を伸ばして、飲み物を注いでくれた。

「片井さんのおかげもあって大学祭上手く行ったよ。ありがとうね」

「そうそう、隠し球だった片井さんの存在は大きかった！　まさかあんなにウェイトレスの衣装が似合うとはね！　片井さん目当てでやって来た客がすごく多かった」

りなっちさんも話に参加して私をほめてくれた。

大学祭当日、悩みを抱えて元々やつれていた私は、自分でどうにかする気力はなく、メイク萌音に口酸っぱく言われていた顔の産毛は剃ってからすっぴんで大学へ赴いた。

係のクラスメイトの努力のおかげで、ファンデーションや頬紅を塗った私の顔は血色を取り戻し、ただ伸びていただけのもつれた長髪も整えられた。

結果クラスメイトや客からも評判が良く、写真を撮らせてほしいと頼まれたり、個人情報について詳細に訊かれたりなどした。高校のとき以来久しぶりに、多数の人たちの視線を身体に受けながら、私はキッチンとホールを行き来し、数えきれないほどの紅茶とケーキのセットやツナキャベツサンドを運んだ。喫茶店は予想よりも繁盛して客が途切れなかったので、もともと少ないウェイトレスは休む暇がなかった。夕方になるとさすがに疲れてきたが、久々に何も考えずに身体を動かしている状態が心地よく、いらっしゃいませという発声と営業スマイルができるようになった自分にも驚いた。

結局十時過ぎに大家さんが再び登場し、そろそろお開きにするように言われたので、私たちは締めに増本くんの作った、ほたてのみそ汁を飲んだあと解散した。

本当は心を癒やすために帰りたいだけだったが、冬物の衣服を取りに帰ると口実を作って実家に行った。

「海松子、おかえりなさい。今日はあなたの分の晩ご飯を作ってないの、ごめんなさいね」

「問題無いです。服を取りに来ただけですから」

「そう、ごめんね」

気にしすぎかもしれないが、何かと理由をつけて帰ってくる私に対して、最近母がよそよそしい気がする。いままで歓待されすぎて、甘やかされるのに慣れていたからかもしれない。古い家で隙間が空いているのか、久しぶりの一軒家の実家は底冷えがひどく感じられ、湯船で温まりたくなり浴室へ向かうと、ちょうど湯上がりのほかほかで、眼鏡のくもった父がドライヤーで髪を乾かしているさいちゅうだった。

父は自分が先に風呂に入った場合、母が用意してくれたのが何風呂だったかを二番手の私に簡単に教えてくれるのだが、正直色よりも効能なり香りなりを知りたいので、脱衣所の屑籠を覗き込み、空の入浴剤のパウチを拾って、裏の能書を読んだりする。

　父と目が合い、今日も風呂報告かと思っていると、

「海松子、今日の湯船には柚子（ゆず）が浮いてるぞ」

「うれしい、柚子湯は大好きです」

「三つも浮いてるぞ」

　冬至までにはまだ間があるのに、大盤振る舞いだ。父と入れ替わりに、全裸になって風呂場へ入ると、使用直後の風呂場独特の生々しい湿り気と、黄色く丸い三つの柚子が、湯気の立つお湯にぷかぷか浮いて私を出迎えた。

　湯のなかへ身体を滑り込ませると、追い焚き（おいだき）してくれた父のグッジョブで、熱すぎるほど熱く、思わず太いため息が漏れた。数十秒もしたら肌は湯の温度に慣れ、首の後ろを沈めて顎まで浸かり、熱を味わい尽くす。

　一軒家の風呂場特有の、裸になって入った途端、心臓が止まるんじゃないかと思うくらいの厳しい寒さを味わう一番風呂も、ざぶうんと湯に浸かった瞬間が至福なので大好物だが、既に適度に温まった二番風呂も悪くない。家族が一つ屋根の下で共に暮らしているのだなと実感する瞬間だ。湯面にぷかぷか浮かぶ柚子をつかまえて、浴槽のへりに頭を乗せて肩まで浸かると、湯が跳ねて、ちゃぷんと小さな音が耳元で聞こえた。

　一人暮らしもようやく慣れてきて、気ままな自由さを満喫していたはずなのに、やっぱり実家が心地よい。自由とはなんだろう。私はそれを手にしたところで、果たして生

かせるのだろうか。半年以上経っても、自分の本質は何も変わっていない気がする。もちろん家事は以前よりできるようになったが、おそらくそれ以外の成長が求められているのだろう。友人に囲まれている私の姿を見たいのだろうか。〝普通〟になるのを、求められているのか？　クラスメイトたちのおかげもあり、大学祭への参加や宅飲みまで経験したが、それでもまだ両親の基準には達していないのだろうか。

気持ちが盛り上がってきたので泣くのかと思ったら、感情のパワーが身体の外へじわじわ漏れ出てゆくのが分かった。もちろん目には見えないが、うまく言葉にできないほどの焦燥感が、背中や首の辺りに集まって、蜃気楼を背負っているみたいに身体の裏側が熱くなった。

バチン

またあの音だ。

頭の後ろでブレーカーが落ちたような音。後ろを振り向いて浴室内のオフホワイトの壁を見つめたが、特に変化はなく、時々天井裏がぴしっと鳴るあの現象が一度だけ起きたのかもしれなかった。

「にしては、すぐ近くの耳元で聞こえたけど……」

なんとなく自分の意思で鳴らせる予感がした。まるで関節を鳴らすように簡単に。

柚子を両手で摑みながら湯船で力を込める。

バチン
背中と浴槽との間で鳴った。屁なのか？　違う、湯船に屁の泡が浮かんでこない。でも今度は絶対に気のせいでも他の音でもない、私の鳴らした音だ。風呂場で歌うと上手い具合にエコーがかかって、歌が上手くなったように感じるが、同じようにこの音も風呂場の音響効果を借りて、明快な佳い音が風呂場じゅうに響く。
バチン
バチン
バチン
とても巨大で膜の厚いシャボン玉が割れた音に似ている。これはなんだろう、集中した気を外部に発散する行い、気功の一種なのだろうか。放電にも似ている。頭と首の両方に力を込めて、後ろ頭の付け根の見えない穴から、ぷしゅっと気を吐くと音が鳴る。
まだまだ鳴らしたいと思ったが後ろ頭の付け根、首の上部辺りにある空間が、エネルギーを使い果たして疲れていて、うまくパワーを集められない。どうやら鳴らす回数に限度があるみたいだ。あと自分の能力に興奮してしまっているのも上手く気を集められない原因だろう。鬱屈した状態で気がふさいでいるときに、なんとか打破したいというやけくその気持ちが沸き上がってきて、その音が外に発散される。明らかに特殊な能力だ。修行すれば、さらに磨けるかもしれない。

インターホンの音が集中力を殺ぐ。私の部屋に知り合いが訪れる確率は皆無に等しいから、新聞の勧誘やアンケートに答えろとか部屋の点検をさせろとかだろう。どちらにしろこの神聖な部屋に現実的すぎる俗世が送り込もうとしている使者には変わりないので、目を閉じて意識を集中して瞑想を続けたが、聞いたことがある声と共にドアがうるさく何度も叩かれるので開けてみると、萌音が立っていた。

「なんだ、やっぱりいるんじゃん！　居留守使うとか、電話にも出ないってどういうこと!?　大体最後に来た返信が『修行中です』って意味分かんないから」

柚子湯でオーラを鳴らした夜以来、私は自分の持つ特殊なパワーをさらに開花させるため、修行に没頭していた。オーラは今や、鳴らそうと思えば、力士の柏手ほどの大音量で部屋じゅうに響き渡った。

このパワーについてもっと学びたい、調べたいと思い、図書館へ行ったりパソコンで検索してみれば、驚くことに幾つもの正確な答えがすでに用意されていた。私が気づく前から世の中には超自然の神通力について研究を重ね、私と同じように目覚めた人も多数、道場に通ったり集まりに参加していた。私は彼らのうちの誰よりも強固な力が自分の内にあると感じていたので、彼らと群れる前に知識を深めたいと思い、大型書店に入っていくつか専門書を買い集めた。

『あんたのクラスのタキザワさんて人から聞いたけど、二週間くらい学校に来てないって本当？　片井さん来てないけど大丈夫？　って訊かれたけど、私も知らないから答えられなかった。なにやってんの？　旅行？』

『修行中です』

返信を打ち込むと、即座に携帯を放り投げた。せっかく集中していたのに脳波を乱された、これまでの二時間が無駄になる。

もっと軽快な、タップダンスのステップを踏みながら指を鳴らすような、乾いたこきみよい音を連発できるようになりたい。

「あんた顔が土気色だよ？　痩せ細ってるし、目も血走ってるし」

「しょうがないですね。わざわざ訪ねてきてくれたんだから、重大な秘密を打ち明けます」

私はため息をついてから一拍置き、宣言した。

「私はオーラが鳴らせるんです」

萌音は難しい顔をして黙り込んでいたが、口を開いた。

「オナラが鳴らせる、の間違いじゃないの？　誰でも鳴るわ」

「違います。そんな明らかな言い間違いではありません。私が神通力を際立たせれば、バチンと音が鳴るんです。初めは何が鳴っているのか分かりませんでしたが、次第に摑めてきました。鳴るのは、私の偉大なオーラです。

　鳴る原理は現在でも不明ですが、コツは摑めてきました。第三の眼、つまりホルスの眼で空を睨めば、放電できる。ホルスの眼は首の付け根らへんにある、退化した脳のような部分なのですが、他の動物も持っていて、ある種の魚などは目は顔についているものの、この器官で光の有無を見分けているといいます。人間も今は顔についてる二つの目が発達しすぎて、そこから入ってくる情報ばかりを過信するようになったので、第三の眼は存在すら忘れられていますが、私は今回の音に関しては、この目が重要な役割を担っていると思います。いわば精神の座、古代エジプトの神としての私の能力が」

「ちょっと大丈夫？　目、イっちゃってる」

　萌音は私の肩を摑み、心配そうに顔を覗き込んだ。

「大丈夫です。むしろ真理に行きつき、いつもより爽快です。私は以前から、正確にいうと小学生の時分から、自分には顔についている二つの目の他に、後頭部にもう一つ大きな目玉が内蔵されていると気づいていました。頭をなでられると人は落ち着いたりうれしくなったり、誇らしくなったりもしますが、あれはホルスの眼に近い部分に慈しみを与えられたから、リラックスしている証拠なんです。また帽子を深くかぶると私を含め、眠たくなる人がいますが、あれは第三の眼の視界が暗くなるからです。顔にある二つの目ではなく、ホルスの眼がすっぽり覆いかぶされるから、光が届かなくなって眠くなるんです。

あと疲れてくると後頭部の上の方から、アロマディフューザーみたいな、それよりもっと細かくて目に見えない霧が放出されて、首が凝るなぁと思っていたんです。考えないことが一番ですが、あれこれ思考が前に出すぎているなと感じると、ここを押さえることにしてるんです。だいぶましになります」

萌音はしばらく考え込んでいたが、急に明るい顔になって手を打った。

「分かった！　それ首が凝ってて、ツボ押したから気持ち良いだけ！」

「違います。私の話を低俗な方向へばかり誘導するのは止してください」

「とりあえずさ、今のあんた、前にも増してやばいよ。ご飯ちゃんと食べてる？　めっちゃ痩せたし、ほっぺたのとこに変な縦皺入ってる。眉間から額にかけて、かっさかさだし」

「大丈夫。かゆくないですよ。萌音には分からないでしょうが、私は瞑想をしながら今はいわば〝ジンコウブツとしての自然〟について考えてる時期だから、頭脳を酷使しているんですよ。瞑想はただぼーっとしていては何も悟れません。ひたすら感性を研ぎ澄ませて、通常の思考の先の先を見通せるようにならなければいけないのです」

「人工物？　人の作った自然てこと？」

「いえ、神です」

　私は鞄を漁り、紙を探したが、無かったので、財布のなかからくしゃくしゃのレシートを取り出して、ボールペンで〝神工物としての自然〟と書いた。

「我々は世の中の物を人による人工物と自然のものに分けて見ますよね。そこから生まれる対比で人工物を不自然と呼んだり、一般的な自然の範疇では理解の超えているものを〝超自然〟と呼んだりしています。つまり〝自然〟が我々の判断の基本になっているわけです。しかし〝自然〟は本当に〝自然〟でしょうか？　万物の〝自然〟を神が創造したとなると、〝自然〟はある意味その〝自然〟さを失い、神による神工物になるのではないでしょうか？　そして現在〝超自然〟と呼ばれる様々な正体不明の超能力や不可思議な現象は、いわば神工物に囲まれて暮らす人間に神からのなんらかの力が及んだ結果で、少しも〝不自然〟な出来事ではないと、私は考えているのですが、どうでしょうか？」

「とりあえず寝な。話はそれからだわ」

「上手く伝えられず申し訳ありませんでした。つまり分かりやすく嚙み砕いて言うと〝自然物〟を判断基準にしない方が万物創造の仕組みがより理解できる、とこれだけのことなんです。つまり観念としての〝神工物〟の存在を受け入れ……」

「うん、ありがとう。カルトがどんな感じで始まるのかが、よく分かった。もういいから」

「いえ、このままでは引き下がれません」

「じゃ、とりあえず、そのなんとかを今鳴らしてみて。蚊の鳴きそうな音じゃなくて、派手に。さあ！」

望むところだ！　と私はホルスの眼に気合を込めた。

満身の力を込めて身体の外へのパワーの発散をイメージすると、

バチッ

小さな音だが鳴った。

「ほら、聞こえたでしょう？」

萌音は口をへの字に結んでしばらく黙っていたが、

「聞こえた。でも関節の鳴る音でしょう。首とか指に力入れたら、そんくらいの音は鳴るよ」

何を言ってんだ。あまりのうすら馬鹿な反応に、とっさに声が出ない。

「ちょっと、ちゃんと聞いて下さいよ。関節が鳴るなら、パキとかポキとか、もっとくぐもった小枝を折るような音でしょう。私の場合は、こう！」

バチンッ

「あっ、親指反ってる！　指の関節を鳴らした！」

「違いますよ！　だいいち音の出所からして違うでしょう。一発目は私の後頭部から数センチ離れた場所で鳴り、二発目は私の左耳と左肩の中間地点で鳴りました。どちらも空中です。体内から出た音ではありません」

確かに私の両手の親指は後ろに向かってぐいと反っていたが、気合を入れるためであって、音とは全然関係ない。

「やめて、関節音が苦手なの。指とかボキボキ鳴らしている人を見ると、いつか折れるかもって、ぞわぞわする。リアルな音だから、勢い余って折れちゃいそうでなんかキモくて恐いのよ。まぶた裏返して内側の赤い粘膜見せてくる人も無理。それって、もしかして力込めすぎて、頭の血管が切れるのが聞こえてんじゃない。ほら、脳卒中になる人とか、意識失う前にブチッて血管の切れる音を聞いたって言うじゃん」

不吉なことを言われて、私は思わずこめかみの青筋を指で押さえた。

「血管の音なら外にまで聞こえないはずです。音は確かに聞こえましたよね？」

萌音が渋々頷く。

「じゃあ、もう一回鳴らして」

「よろしい」

再び力を込める。が、場はシーンとしてなんの音も聞こえない。

「はい、嘘。海松子は逃げてるんだよ。奏樹と諏訪さんのことが重なって自分で処理できないから、恋とかよく分からないから超能力みたいなもっと訳の分からないものに入れ込んでるんでしょ」

「違います！」

萌音の言うことが恐くなって私は大声で否定した。まったくそんな動機で始めたわけではないのに、彼女が意地悪でもおせっかいの感じでもなく、普通に分かりきったことのようにあっさりと言ったので、彼女の言ったことが真実になってしまいそうだった。

「違うんです。いきなり言われたからまだ心の準備が出来てなかっただけで、前もってリクエストされてたら、百発百中です。あ、でも私の神聖な音は心に邪なものがありすぎる人には聞こえない可能性があるので、萌音が必ず聞こえるかどうかは保証できません」

「言ってくれるね。じゃあオーラとやらの発表会しようよ、私だけじゃなく奏樹やご両親の前でもオーラの音を出せたら、あんたが本物って認めてあげる。あんたの実家にできるだけたくさん知人を呼んで、みんなであんたのオーラを聞こう。超能力のテレビ番組とかあったら、それも応募したげる。あんたの言う通り、世間の人間なんて欲深い凡人ばかりだから、聞こえない人が多いかもしれないけど、もしかしたら何人かはキャッチできるんじゃない。うん、そうしよ、あんたの不思議な力を公の場で証明できる機会になるし」

　この人は何を言い出すんだろう。話の飛躍に驚いたが、顔に出しては修行者としての威厳が保たれないから、平静を装った。

「いや、それは必要ないかと思います。皆の前で証明しなくても、私に力があることは事実ですから」

「なんで？　お披露目した方が、鍛錬にもなるし、一段階上にパワーアップできるかもよ？　それとも、うまくいかないのが恐いの？」

「違います。どちらかというとあまり生産性を感じないだけで」

　自分が言い訳しているように聞こえ、この状況に腹だたしくなってきた。

「分かりました。やりましょう。ただしメディアは呼ばないで下さい。私の力が悪用されないとも限らないので」

「よっしゃ！　再来週の土日のどっちかは？　来週は私、用事あるからさ。場所はあんたの実家。はい、決まり。あんたの友達の連絡先教えて」

　萌音は目にも留まらぬすばやい指の動きで自分の携帯を操作しつつ、同時に私の携帯も取り上げて、両方を同時に操作しながら、私の知人たちの連絡先を吸い上げ自分の携帯へ記録した。

「どうせなら音階もつけられるように技術を磨いといて。『チューリップ』をオナラで演奏できる名人の映像を、テレビで見たことある」

「だから、オナラじゃなくてオーラです」

萌音は満足そうな顔で帰っていき、私は修行を再開したものの、お披露目会の案件がつい気になってしまい、ちっとも集中できなかった。

　萌音はさっさと奏樹や友人たちや両親に連絡して、オーラの発表会の日にちを取り決め、声をかけた全員が出席できる日に私の実家を押さえた。萌音がどうしてもというので、いやいや諏訪さんにまで連絡して、断ってほしいと思ったけど、出席の連絡が来た。

　家を出るぎりぎりまで修行に勤しんでから、発表会の当日に実家へ行くと、客人を迎えることになり母が張りきって、玄関に真新しいスリッパを二列にずらりと並べていた。玄関横のスリッパラックに長年差し込まれていたものたちで、中央のブランドロゴに埃の積もっていた深緑色の精鋭たちが実戦に出たのを初めて見た。新品のまま古びていたはずのスリッパたちは丁寧に拭かれて、足先の丸いカーブを艶めかせながらお客さんが来るのを待っていた。

「海松子おかえりなさい。あなたのお友達がうちに来るのは萌音ちゃんのとき以来だから楽しみだわ。朝から掃除してたんだけど、部屋はこんな感じで良いかしら」

　家全体が綺麗に整頓され、掃除が行き届き、古いリネン類は新しいものに取り換えられていた。居間にも新品のクッションやソファカバーが増えていて、普段はクリスマスにしか登場しない銀の燭台やカトラリーがセットされている。家じゅうから集めた様々な椅子が壁際に並んでいるが、くっつけた二つのテーブルの周りには無くて、母の頭のなかではスタンディング形式のパーティの情景が描かれている様子だった。以前にも同じようにセッティングされた家を見た気がして記憶をたぐり寄せると、十年ほど前に父が教授仲間たちをうちに招いた日があって、確か私が小学生の頃だった。

当時の私からすれば家族以外の人間の入り込まない、自分の好きなもので埋め尽くされた空間である我が家で家族と共に過ごすのは、幸せでしかない。時が止まったように昔と何もずっと変わらない我が家。私たち家族が他と交流を避けるように、何年もかけて醸成してきたものとは一体なんなのだろうか。木製の家具の色合いが、年月と共に次第に濃く、深くなっていくように、長年変わらないように見えても風合いや中身は少しずつ変化しているのかもしれない。私だけがそれに気づかず、このうちで一生を過ごすことに何も疑問を持たなかったのだろうか。

私はもう誰も弾いていないピアノの、ビロードの張られた丸椅子に座って、本番前にどうしても一度オーラを鳴らしておきたくて、意識を集中させていた。しかしどれだけ鳴らそうとしても、聞こえてくるのは自分の耳鳴りだけだ。

萌音が部屋を訪れたあとアパートの部屋や風呂場、多摩川や公園など様々な場所、様々な時間帯でオーラを鳴らす練習をしてみたが、一度として満足できるような結果は出せなかった。

すると、段々自在に鳴らせていたオーラの元気がなくなってきた。次第に音が小さくなり、やがて、集中しても力を込めても、いきんでも、まるで鳴らなくなった。鳴らしすぎたのか。いや、鍛錬を積めば前のように、いやもっと大きく派手な音を鳴り響かせられるはずだ。

やればやるほどやっていない気分になる。足りなくて追い詰められて、いつまで経っても自分の力が足らなくて。自分探しってなぜこうも、探せば探すほど、玉ねぎを剝いてゆくがごとく芯が見つけられないんだろう。

ストレスが溜まると、下唇の内側のぷちぷちした肉を嚙む。世間では悔しいときなどに下唇を嚙む仕草がときおり散見されるが、私は上の前歯で下唇を嚙むのでなく、上下の前歯を使って、なぞのぷちぷちを嚙むのだ。特殊な癖か、他にも同じことをする人がいるのか分からない。

なぜだろう、原因が分からず、一昨日からプレッシャーのため不眠に陥り、集中力を高めるため断食をしているが、むしろ余計にパワーが無くなっている気がする。体内オーラを具現化するため十日間の決死の断食などを決行したならまだしも、たった一日の断食で疲労困憊(ひろうこんぱい)してしまうとは。萌音を恨む感情も出てきた。トンチキなお披露目会を企てて実行するつもりなんて、この世でもっともおせっかいで無用な人間、それが彼女ではないだろうか。修行は彼女を消すためのオーラを高める方向へ舵(かじ)を切るべきかもしれない。

開始時刻が迫ってきて自分の部屋で母の用意したモスグリーンのベロアのワンピースを着てから、下へ下りて行った。ピアノに掛かっている埃よけの飾り布と、色も質感も酷似していたから、きっと母はこのような布が好みなのだろう。

「せっかくだから今日はお母さんが久しぶりに支度を整えるね」

母の部屋へ行き鏡台の前に座り、髪を結い上げてもらっていると、高校生の頃の通学前の朝が懐かしく思い出された。母が毎日手間を掛けてくれたおかげで、私は自分自身はまったく無頓着にも拘わらず、外見上で周りから浮くことはなく、むしろ賞賛されるレベルにまで達していた。それが普通だったせいでどれだけ恵まれていたか全然気づいていなかった。母に支えてもらっていた部分まで自分の実力と勘違いしていた私は、なんて愚かだったのだろう。

「海松子ちゃん、かなり痩せたわね、そんなに体調が悪かったなら一時的にでも帰ってくればよかったのに。大学も行けてなかったんでしょ？　萌音ちゃん心配してたわよ。でもようやく体調が回復して良かったわね」

体調が悪いのは風邪でも悩み事があったからでもなくて、修行を熱心にするあまり不摂生になっていたからなのだが、後ろめたくて言葉に出せなかった。

「今日はありがとう。お母さんを安心させるために大学でできたお友達を招待してくれたんだよね」

「え？」

「海松子ちゃんが家族以外に対人関係を築けるかを私が心配していたのを、あなたはちゃんと分かっていたんだね。いきなり一人暮らしさせて、手荒な方法を取ってごめんなさい」

鏡に映る母はうれしそうに私の髪をなでている。全然意図していなかったが、今回の発表会の計画は、どうやら両親には良い印象を与えたようだ。ほっとすると同時に、母も私と交流があまり無くなってさびしかったという気持ちが、頭をなでる手から伝わってきて、涙ぐみそうになる。

少し早めに我が家に到着した萌音は私の顔の下半分を凝視した。

「……生えてない！」

「さっき母が剃ってくれたので」

シェービングを終え薄化粧を施した私の顔をつくづくと眺めたあと、萌音は私の隣に立ってニコニコしている私の母にお辞儀した。

「海松子のお母様。私の高校時代の憧れは、実はあなたでした」

「萌音ちゃんたら、久しぶりに会ったと思ったら何言ってるの、どういう意味？　おもしろい子ねえ」

「今年に入って判明したんです。私は高校のときの海松子の制服の着こなしとか髪型とかすごく素敵だなぁ、真似したいなぁと思い実際に真似していたのですが、お母様がプロデュースされていたとは気づかず、知った今では尊敬しています。いつでもいいので今度おしゃれの真髄を教えてください」

「そんな、私は全然詳しくはないけど、いつでも遊びに来てちょうだい。今夜も楽しい催しを企画してくれてありがとう。こんなにたくさん海松子のお友達がうちに来るなんて、小学三年生の誕生会以来だから、海松子より私の方が浮かれちゃってるの。お料理いっぱい作ったから、楽しんでいってね」

一番初めにやって来た諏訪さんに萌音は興奮し、玄関にいる彼を凝視しつつ私に小声で話しかけてきた。

「あれがこの前の写真の人だよね」

「そうです、諏訪さんです」

「実物の方がかっこいい！　背も高いし、顔の彫りも深い！　ほとんどの人はあの人の目を誉めるだろうけど、あれは骨格から整ってるね。あと歯！　矯正したのかな」

防犯カメラのようにぐりぐりと上下に動き、諏訪さんを眺め倒している萌音の目は、横から見ているとひどく気色悪かったが、彼が近づいてくるとその目は止めて作り笑顔になった。

「本日はお越しいただき、ありがとうございます！　海松子の友人で、今日の会を企画した祝井萌音です」

「やっぱり別の人が企画したんだね、海松子がパーティなんてすごくめずらしいと思ってた。こんにちは、諏訪です。そうだ海松子、ちょっと話が」

「諏訪さんは海松子のお父さんのご友人だって聞いてたんですけど、このお宅にはよく来られるんですか？」

「そうだね、よくお邪魔しているよ」

萌音は私より半歩前に出て、次々と質問をくり出し、諏訪さんの動きを封じ込める作戦に出た。その強い意志を感じさせる鋼の笑顔と甲高い声に、高校のとき奏樹と話していたらすぐに割り込んできた彼女を思い出す。萌音は変わらない、反省など似合わない。

インターホンが鳴り、滝澤さんとりなっちさんと増本くんが開いたドアから顔を覗かせた。

「こんばんは、今日はお招きありがとう。はいこれ、つまらないものだけど私たちから」

滝澤さんから紙袋を受けとり礼を言うと、うちを見回していた増本くんが呟いた。

「友達の一人暮らしの家なら何度か遊びに行ったけど、実家に招かれたのって久しぶりだな。懐かしい気持ちになるわ」

「それは増本があんまり里帰りしてないからじゃない？　今年の年末からお正月にかけては帰ったら？　お父さんとお母さん、さびしがってるんじゃない？」

薄いオレンジのミニドレスをコートの下に着込んでいたりなっちさんに言われて、増本くんは言い返せずに苦笑いを浮かべていた。

再びインターホンが鳴り、与野島へ行ったときとはまったく違う、冬支度に身を包んだ奏樹も到着した。大粒の苺の入った箱をくれたから、手土産かと思ったら、

「体調の快復おめでとう。ずっと調子悪かったんだってね、祝井さんから聞いたよ」

本日の趣旨が間違って伝わっていたが、いえいえ今日は私のオーラを聞いていただくためにお招びしました、とは言い出せず、快気祝いの雰囲気のまま彼を居間に案内した。父と母にも今日の趣旨は伝わっていないようで、ただのホームパーティだと思っているらしく、母は久々に会った奏樹に大きくなってと感動していた。全員が壁際の椅子に着席すると萌音がおもむろに立ち上がった。

「みなさんお揃いになったところで、海松子さんからお話があるそうです。ではどうぞ」

ずいぶん唐突に始まったなと思いつつも立ち上がり、萌音からの目くばせを受けて目を閉じて集中する。

念じろ……念じろ。後頭部にパワーを集めて。

居間はワンピース一枚の薄着だと寒いくらいなのに、背中にはびっしょり汗をかいている。緊張しているからで、皆に見られているせいではない、もしかしたら世紀の大能力を公衆の面前でぶちかますかもしれないからだ。

いや、違う。公衆の面前で無能ぶりをさらすかもしれないからだ。

ふっと弱気になったのをチャクラが察して、みなぎりかけていたオーラが萎縮する。あ、待って。だめだ、落ち着いて、心を静めて集中を。

しかしどれほど集中して力を込めてもホルスの眼が開かない。そのうち手が震えてきて額に汗がにじんだが、微かな音でさえも発せられることはなかった。

「まっ、料理が冷めちゃうからとりあえずカンパーイ」

萌音が声を発し、手に持つグラスを上に掲げたので皆はテーブルの上の大皿に盛られた料理の数々を次々と自分の紙皿に取り分け、口をもぐもぐさせながらまるでテレビを見るように目だけで私を眺めた。

パワーを鋭敏に冴え渡らせるために一日断食して臨んだ今日だったが、皆が食べる料理の美味しそうな匂いがこちらまで漂ってきて、切なくなるほどお腹が空いた。私にとっては長年食べてきた愛してやまない母の料理の数々だ。嗅覚と視覚が刺激されて食の思い出がまざまざと甦る。冬になると必ず食卓に現れる、トマトソースのでかいミートローフ、食べたい……。

気の昂りがすべて食に集まり、オーラを集めるどころではない。私は銀の大皿に載ったミートローフをトングで挟んでトマトソースを垂らしながら、付け合わせのキャベツの蒸したのも取った。その頃には私を見ている人間は一人もいなくて、私は安心して肉汁のきらめくミートローフの大きな塊を頬張った。ワインで煮込んで重く香り高い味つけを施されたひき肉と玉ねぎが、涙が出そうになるほど美味しく懐かしかったが、一口二口と食べ進めて腹が満たされてくるにつれ、さきほどの失態が暗く哀しく身にのしかかった。

絶え間ない努力、さらなる高みへと飛翔する精神力を毎日たゆまぬ努力で養ってきたつもりだったのに、結局本番でなんの力も発揮できなかった。いやそもそも、私にオーラを鳴らす力など本当にあったのだろうか。萌音の言った通りすべて思い込みで、架空の音を、幻聴を未知なる力と信じ込んでいたのではないのか。

ふっと目の前が暗くなり、脳貧血が起きそうになったので、私は一旦箸を置くと居間から出て自室のある二階へ上がった。

部屋に入ってバルコニーに出て、冷たい風に吹かれながら涙の出てくるままにしていたが、しばらくすると嫌な予感がするのと寒すぎるのとで、今度は部屋を出て隣のトイレにこもった。

ときどき、この世の中がほんとに分からなくなる。あまりにも人間が多すぎて、各々が千差万別の気持ちを抱えていて、争ったり笑い合ったりうるさくしゃべったりしながら、狭すぎる街を行き来している。私は彼らの作り出すざわめきの、どれにも参加できていない、誰とも同じ時間を共有できていない、不思議な心持ちになる。そのふわふわした心もとなさもあって、せめて自分のオーラの音くらいはしっかり聞きたいなと思ったのかもしれない。

　階段を上る音が聞こえてきて、誰かが呼びに来たのかと思い、水を流したあとトイレを出ると、ちょうど奏樹が階段を上りきったところだった。

「あ、トイレだったんだね、邪魔してごめん。祝井さんが、ミルちゃんがなかなか戻ってこないから、僕に見てきてほしいって言って」

「すみません、ちょっとお腹の調子が悪くて」

　とっさにお腹をさするふりをしたが、奏樹が察したように微笑んだ。

「さっきのことだけど、気にしなくていいと思うよ。僕も皆に注目されてるときに話すの苦手だから、急に振られるとなんにもしゃべれなくなっちゃう感じ、よく分かるよ」

「いや、私は何か言おうとしてたんじゃなくて……ちょっと話していいですか」

「どうぞ」

　奏樹が居住まいを正し、私の緊張を解こうとするかのように優しい瞳で眺めた。

「今日は本当はみんなの前で特殊能力を披露するつもりだったんです。でもできませんでした。偶然でなら簡単にできたのに、自在に操ろうと練習し始めたくらいからどんどんできなくなっていったんです。欲がからんでしまったせいでしょうか」

「そうなんだ。パーティだと思ってたから、そんなつもりだったなんて、まったく気づかなかった」

奏樹は私の言葉に特に驚かなかった。

「特殊能力をわざわざ起こそうとしなくても、生き物は生きてること自体が不思議である種の特殊能力なんだから、無理に発揮する必要はないよ。生命の光が身体の内側に灯り続けていることぐらい、不思議で奇跡的な出来事は無いんだからね」

奏樹の言葉を聞いていると、力を示そうと無理をしていた自分が、何もない場所に向かって必死にパンチやキックを繰り出していたように思えてきた。

「私は一人でいても、つらくないんです。誰かと一緒に生きることは、やればできる気がしていますが、きっと他の皆さんはやればできるとかじゃなくて、自然に一緒に居たいと思うようになって、付き合ったりするんですよね。私はそこまでの欲がどうしても身体の内から湧かない。おそらく私は、一人で足りすぎているんだと思います。足りちゃいけないところまで、足りているんだと思います」

「僕はきっと、ミルちゃんの足りているところが好きなんだし、羨ましいんだと思う。欠けている人間は誰かをいつまでも探し求めなきゃいけないし、満たされたなら満たされたで、相手がいなくなったらどうしようって怯えたり、〝人は一人では生きていけない〟って言葉を呪文のように唱え続ける人生になるからね。

僕は世界じゅう色んな国を旅しても、どれだけ楽しくても〝誰かとこの素晴らしい景色を共有したい〟って思いが強くて、まあ白状しちゃうとミルちゃんと一緒に見たいって気持ちが強くて、一二〇％は楽しめてはいない実感があった。それが僕の弱さなんだよね、一人でいるのが完全体じゃないっていう。ミルちゃんが美しいものも楽しいことも悲しいことも、すべて自分一人で受け止められるタイプの人なら、それはそれで、素敵だと思うよ。だから……あれ、おかしいなあ、僕」

不意に彼が呟き、目をきつく瞑り強く歯を食い縛った。隣から横顔を見ると苦しそうな口元から噛み合わせた犬歯が丸見えで、目元を見たら涙は流れていなかった。小学生の頃、奏樹の泣き顔を見たことがあるのを思いだした。しばらくその顔だったが、まぶたを閉じたまままゆるやかに表情は普通に戻り、最後は唇の端にほんのり微笑みをふくんでいた。

「あー。フラれたのに慰めてるって、自分で言うのもなんだけど、僕は人が好すぎるなあ」

「違うんです。まだ続きがあって、私はそんなタイプなんですが、奏樹や萌音と一緒にいると本当に楽しいんです」

私と奏樹が付き合うまでにあと二十年はかかりそうと言った、萌音の不快な声が頭によみがえってきた。人生は短い、結論を出すのに二十年もかけてる暇はない、私たちは宇宙じゃない。目をつむって後頭部にパワーを集中させる。

もうオーラは鳴らせない、口から勇気を振りしぼれ。

「周りの皆が言ってるような通常の〝好き〟とは違うかもしれませんが、私は奏樹のことが好きです。あなたの傍にずっと居てもいいですか」

奏樹が大切だという気持ちは、ずっとぶれずに自分の内にあった。二人で一緒に色んな景色を見たい欲望は、確実に私にもある。

私の動悸は激しく、奏樹の顔も見られないほど緊張していたが、笑顔の彼が私の顔を覗き込んだ。

「もちろんだよ。好きの形は人それぞれだし、一人でも満たされてるミルちゃんは素敵だと思う。でも二人で一緒にいたらもっと温かく楽しくなれるように、努力していきたい」

「じゃあ、手を繋いでもらっていいですか」

温かい、といえば体温だと思い、私は彼に手を伸ばしたが、彼はしきりに照れてまた違う場所で今度、などと呟いた。でも私は彼の手をがっちり摑んで一緒に一階へ下りた。

手を繋いだ私たちが居間に現れると、萌音がなぜか爆笑しながら私たちを部屋の隅へ連れて行った。

「すごく分かりやすいね。おめでとう。でもいきなり手を繋いで登場したら、ご両親も友達もびっくりしちゃうよ。もう、海松子はオーラとか意味分かんないことを言い出さなきゃ男の子とも付き合えないんだから性質が悪い」

　萌音は一仕事終えた様子で、ソファに移動して深々と腰かけた。

「祝井さん、色々ありがとう。僕がしっかりしないから気を遣わせてしまって」

　奏樹がはにかんで決まりの悪そうな笑顔を向ける。

「ううん、奏樹は悪くないよ。海松子が人一倍ややこしい性格ってだけ。良かった、海松子はだいぶ顔つきが元に戻ってきたね。オーラとか口走り始めたときはまじでどうしようかと思った。時々実家帰ったり、人と会ったりした方が良いよ。あんたはなんでも、のめり込みすぎるとこあるし」

「一旦修行は止めて、出直したいと思います」

「うん、そうしな。自分が神がかってるなんて信じる人間は、思い上がりも甚だしいし、めちゃくちゃ感じ悪いからさ」

　感じ悪かったのか……と反省しながら、奏樹と共にソファに座った。父と増本くんが釣りの話で盛り上がっていて、意外な組み合わせだった。萌音は母にヘアアレンジを長持ちさせる方法を伝授してもらっている。滝澤さんとりなっちさんは一つの携帯を一緒に覗き込んで、なにやら内緒話している。

「こういうにぎやかでなごやかな場所にいると、なぜだか眠くなってくるんです」

私が半目になりながら呟くと、奏樹が頷いた。

「分かるよ。子どもの頃はこういう雰囲気に囲まれたまま眠りに落ちるのが幸せだった」

「それいいですね。まさに今、したいことです」

私は完全に目を閉じると、奏樹の肩に頭をもたせかけた。会の序盤から感じていた緊張が一気にほぐれて、すぐに意識がなくなった。

目覚めると皆が帰ろうと上着を着込んでいるところで、私は玄関に立ち、一人一人を見送った。

「海松子、今日は帰るけど、またあとで連絡する。ずっと話をしたかったんだけど」

「諏訪さん、マフラー忘れてますよ〜」

「あ、どうも」

絶妙なタイミングで萌音が間へ滑り込み、自然に諏訪さんの背中を押しながら一緒に玄関を出て行く。ボール奪取するサッカー日本代表選手なみの華麗な技だ。

父が一番風呂に入りに行ったので、残った私と母は洗い物などの後片付けに取りかかった。

「海松子ちゃん、ごめんなさいね。お母さん、はしゃいじゃって、また悪いクセが出ちゃって。料理も作りすぎたし、海松子ちゃんに相談せずビンゴゲーム大会まで開催して、おみやげ用にみんなの分のクッキーまで焼いてしまって。でしゃばりすぎよね。だから海松子ちゃん、嫌になってトイレにこもってたんじゃない？　でも森田くんが呼びに行ってくれてよかった」

「お母さん」

「なあに」

「友達が帰ったあとの家は侘しいものですね」

　母は私と同じく雑然とした居間に目を向けた。

「そうね、確かに侘しいものね。でもお母さんは、いらっしゃった人たちの気配を感じながら、お片付けするのも好きよ。まだ本人がそこにいるみたいに、椅子に暖かみや窪みが残ってたり、楽しい会話のかけらが空中に散らばっていたり、飲みかけや食べかけの晩餐が〝美味しかった〟って満足げにため息ついているのが聞こえるように感じるから」

　確かに皆帰ったが、気配は残っている。トイレから出て奏樹と話したあとに階段を二階から一階に下りている途中、居間にいる全員が顔を上げて私を見た。様々な場所で知り合った人々が馴染み深い我が家に揃っているのは奇妙な光景で、しかし全員が優しく楽しそうな瞳で私を見ていた。

つい先ほどの光景なのに、すでに懐かしくもあった。なんでもない瞬間だが、私は木製の手すりを握りながら階段を下り、いくつもの雑談が重なり合い盛り上がっている明るい居間を見下ろしたあのときのことを、この先もずっと忘れないだろう。私は彼らに迎えられて何事も無かったように雑談に参加し、母の料理を紙皿に盛って食べた。もっと早く下に下りていけば良かったと思ったほど心が和やかになった。ここ何ヶ月かずっと身体に巻きついていた苦しみの茨が溶けていった。迷いなく奏樹の手を取ったときも、握り返してきた彼の手がふわりと温かかったことも忘れたくない。彼の優しさを支えているのが強さだけではなく、他人を求める弱さもあったと知った今は、自分が彼のそばにいる責任感も芽生えている。

「今日は疲れたでしょう、残りはお母さんやるから部屋で休んできていいよ」

「いえ、私も友達の気配を感じながら後片付けを最後までやりたいです」

「そう。じゃあ台所からタッパーと、ついでに布巾も濡らして持ってきてくれる?」

「はい」

台所に行きかけて、立ち止まった。

「一人暮らしをやめて、この家に帰ってこようと思います。もう、大丈夫だと思うんです。やっと、一人で生きるっていうことが分かったんです。同時に誰かと共に生きることの意味も少しずつ分かってきました。人は一人では生きられない、とよく言いますが、おそらく一人でも生きられるでしょう。でも誰かと共に暮らすことは、結局人間は一人で生まれて一人で死ぬ、という真理と同じくらいの大切な真理を教えてくれます。親と暮らしながら本当の意味で自立することも、きっと可能だと思います」

母は最初驚いた顔をしていたが、静かな声で話した。

「お母さんはいつでも帰ってきてほしい。でもね海松子ちゃん、あなたはこの家を出たことで交友関係が広がって、今日みたいにたくさんの人たちがうちに集まってくれるほど社交的になった。せっかく皆と仲良くなれる生活環境になったのに、いま戻ってくるのはもったいないなくないかしら？　もう少し一人暮らしを頑張ってみない？　あなたは少しずつだけど段々変わってきてる。今日も乾杯の前にみんなに感謝の気持ちを伝えたかったのよね？　なにもしゃべれなかったけど、きっと皆には伝わってるはず」

覚悟を決めて私は頷いた。私は両親の期待に応えられず、変われないままかもしれない。そうなると実家に再び戻れる日は訪れない可能性があるが、一人で暮らしてゆくことを受け入れていこう。

風呂へ入るために廊下を歩いていると、湯上がりのほかほかの父に出くわした。

「今日はおつかれさん。海松子にはあんなにたくさん友人がいたんだな、知らなかった。父さんよりずっと社交的だな」

「友達かどうかは分かりません。彼らがいい人で、来てくれただけです。正直声をかけた全員が出席するとは、思ってもみませんでした。萌音の社交力もあるのかもしれません」

「確かに誰かの家に招かれて行っただけでは、本当の友人かどうかは分からないな。しかし、それで良いじゃないか。時々ある特別な日の積み重ねが、人々の間に連帯感を生む。まぁ一度途切れたら、また希薄になっていくがな。はっはっは」

父がなんで笑ったのか分からないが、とりあえず頷いておくと、彼は風呂上がりの温かい手で私の肩を叩いた。

「そうだ、今晩はお母さんの機嫌が良かったのか、高価なジャスミンのオイルを垂らした風呂だった。早く入ってこい、クレオパトラの気分になれるぞ」

朝六時に目覚めると、まだ夜は明けていなくて布団の外側の空気はちりちりと凍えていた。暖めすぎと乾燥を嫌って、眠りにつく直前に必ず暖房は切るようにしているのだが、いつか死ぬんじゃないかと思うくらい真冬は寒い。布団の足元のすぐ側に玄関があり、ドアや窓の隙間風が室温を下げるのだろうか。鼻の感覚が無くて、取れたかと思い指で触ってみると、すごく冷たいがちゃんとついていた。

ボア付きジャンパーを羽織り、黒いウールのマフラーをぐるぐる巻きにしたら、結局普段の格好と変わらなくなった。萌音に電話してみると、何回かコールしたあとに、はい、と返答があった。

寝起きの声の彼女に私は、多摩川でものすごい連凧を揚げるから、これから見に来てほしいと伝えた。

「は？　レンダコ？　なんで貴重な休みの日にそんなの見に行かなきゃなんないの？」

「小さな凧が連なって青空に羽ばたくんですよ。ちょっとやそっとではできない大技です。今朝は風がものすごく良いんです。川に向かって西に風が吹く今の時間帯にしか揚げれません。昼になると凪いでしまうので」

「なんでクソ寒い朝に呼び出すのが私なの」
「なぜでしょう。一番見てほしいのは萌音なんです」
がさがさと電話の向こうから、萌音の髪や枕が擦れる音が聞こえた。
「じゃ行くわ、めんどくさいけど。ちょっと待ってて」

目当ての河原へ続く青い鉄橋を渡ると、髪が顔にかぶさって前が見えなくなるほど強い風が吹いていた。今日は特に寒い。だが風が強いのは絶好の凧揚げ日和(びより)でもある。多摩川の河川敷は基本年中風が強いので、時間帯によっては季節問わず凧は揚がるが、初冬から真冬にかけてのこの時期が、やはり一番凧に似合う。

紙袋から凧を取りだした。ドラえもん凧と同じバイオカイトだが、今回は鷲(わし)の形をしている。しかも糸巻きの代わりに釣竿(つりざお)に使うようなリールのついているもので、この河原で知り合った純和風の凧を揚げ続けているヤマさんには、邪道と言われたことがある。だがこの凧を揚げていると、仲間と間違えて本物の鳥が寄ってきたり、子どもが話しかけてきたり、散歩中の犬が吠(ほ)えてきたりしておもしろいから、やめられない。

風に乗った凧が上昇する。私が絶対に見ることのない景色を、いま凧が味わっていると思うと楽しい。ぐいぐい引っ張られる凧糸が、こっちにおいでよ、気持ち良いよと私を空へ誘っているかのようだ。きりきりとリールを回すと鷲は小さく旋回する。凧揚げは釣りとよく似ている。風がちょっとでも吹き始めたと思ったら、敏感に反応して指の腹で凧糸を調節する必要がある。糸の引きが強くなると、時々自分は大空に凧を揚げているのか、もしくは大空に浮く凧を釣ろうとしているのかが分からなくなる。

さすがに朝早すぎたのか、他の凧揚げの常連たちはまだいない。

一時間半後、携帯に〝着いた。どこらへんにいる？〟と萌音から連絡があったので辺りを見回すと、川に面した道路に携帯を持った萌音を見つけたので、私は手を振ってこちらの存在に気づかせようとした。

彼女は分厚い手袋をはめ、首元に毛糸のマフラーをぐるぐる巻きにした、明らかに防寒にのみ気を配った服装で自転車に乗ってやって来た。

「遅いですよ、風の時間帯的にはぎりぎりです」

「突然呼び出しておいてその態度か。これでもなんも食べずにチャリ飛ばしてきたんですけど。あんた一人で凧揚げてる場合じゃないでしょ、奏樹と初詣にでも行きなよ」

「午後から行きます」

「なんだ、心配して損した。あとあんた、唇から血が出てるよ」

「先ほど前歯で唇の皮を食い破りました。気温が低くて乾燥していると、だめですね」

「世の中にはリップクリームってものがあるんだよ」

「貸してください」

「やだなぁ。血、つけないでよ」

私は萌音から借りた緑色の容器に入ったメンタームのリップを唇に厚く塗った。

「さむっ！　カイロ持ってくればよかった」

「ありますよ。貼りますか」

「腰のとこお願い」

私は紙袋から特大カイロを取り出すと、上着の裾をまくり上げた萌音の腰にべったり貼りつけた。

「で、私はなんで呼び出されたの？　凧とやらも揚がってないけど」

「協力者がいないと揚げられない凧なんです。すみませんが糸巻きを持ってもらえますか」

風は吹いていたが連凧は強すぎる風でもうまく揚がらず、二十連の凧は風に乗る気配を一旦見せたと思っても、すぐ頭上からばさばさと降ってきた。その都度、萌音は私の凧を手放すタイミングが悪い、風に対して位置関係が良くない、などと文句を言った。八度目の挑戦で、ちょうど良いタイミングで適度な風が吹き、連なった凧が次々と舞い上がり、萌音が歓声を上げた。

「やった！　この調子で全部揚がれ！　もっと糸伸ばさないと！」

萌音から糸巻きを受け取った私が慎重にかつ素早く糸を伸ばすと二十連の凧は空へ延

びる梯子（はしご）のように高々と連なった。

「へえ、空中に向かって連なる万国旗みたいになるんだね」

「軽量化するために色んなカラーのゴミ袋に竹骨を張って作りました」

「手作り感満載じゃん。あの真ん中に書いてある文字は〝福〟？」

「はい、今年も幸福が訪れるようにと、元日に手書きしました。縁起物です。萌音も揚げてみますか」

再び糸巻きを彼女に渡すと、連凧は一瞬ブレたが、また風に乗る。萌音はぎこちなく糸巻きを摑んでいたが、空を見上げてオヒョヒョと声をもらした。

「結構おもしろいね！　空に引っぱられる感じ」

萌音は風が吹く度に彼女のテカった唇にくっついてくる髪の毛を、手で払った。

「段々、空とふれあっている気分になりませんか？　私達は鳥じゃなくて飛べないから、凧を通して空にタッチするんです。細い凧糸を通して空に手で触れるんです」

しばらくすると、連凧は一度摑んだ風を急激に手放して、奥の方の凧から順に、緩やかに地面に墜落していった。

「ねえ、聞いて。今日のファッションは、誰の真似でもないの。今日は私が良いと思った、好きな服を着てみた」

彼女は私に全身を見せるためにくるりと一回転し、スカートの裾がふわりと風で持ちあがったがもうすでに芝居じみていた。

「新年だしね、新しい自分になろうと思って。今年は誰の真似もしないって決めたんだ。やっぱ人の真似なんかしていちゃいけない。個人のオリジナルを盗っちゃいけない。盗られた相手はアイデンティティをじんわり侵食されて嫌な気分になる。外見を真似るどころか、内面や口調も似せていって、挙げ句彼氏まで羨ましくなって盗るなんて、嫌われて当然だし、ほぼ犯罪だわ。私自身も自分のオリジナリティを完全に消して擬態し続けるのが中毒になったせいで、大切な個性が消えちゃった。振り向いても自分の影法師がなくって、他人の影法師が張り付いてる人生になっちゃってたみたいな。病んでる、ってようやく気づけたよ」

「そうですか？　私は真似することこそ萌音の個性だと思います。誰かを苦しめるのは確かに良くないけど、誰も攻撃しないやり方でなら、とことん突き詰めるのもありかと思います。人をよく観察して、そっくりそのまま真似るなんて、カメレオンも逃げ出す高度な技を持っているあなたは、私の自慢の友達です」

彼女は複雑な表情になり、首をかしげた。

「あれ？　話の方向が思ってたのと違うんですけど。私は新年にあんたに決意表明して本格的に真似を改めようと思ってたのに」

「いままでの人生すべてを否定することはありません。あなたは着々と技術を磨き、精進し、年々進歩してきた。いまその才能を捨てるのはもったいないです」

「なんで全肯定してくんのよ。反省して生まれ変わろうと思ってたのに。でもなんかすごくうれしいんだけど」

うれしいと言いながらも笑顔は見せず、彼女は無表情で地面を見つめて靴で砂をざりざりと擦った。

「でもまあ、あんたの言ってることも一理あるかもね。真似だって大切な個性だし、才能か。もっかい冷静になって考え直してみるわ。てか、そもそも私は真似ばかりしてる自分、嫌いじゃなかった。あとさっき言ったの、全部嘘ね。今日のファッションも全然オリジナルじゃなくて、ほんとは諏訪さんをこれから落とすために、彼の好きそうな格好のターゲット見つけて、また真似たの。デートの約束までこぎつけたから、それまで微調整重ねて完璧に仕上げるわ。忙しいから、そろそろ私帰るね」

「了解です。私は新年の記念にノーマルな角凧も揚げてから帰ろうと思います」

「あっそ、好きにして。じゃーね」

「来てくれてありがとう」

萌音が自転車にまたがる。私は連凧を回収したあと、紙袋から、和紙の角凧を取り出した。軽くて特許出願もしているというこの凧は、風の強い日は走らなくてもすぐ浮き上がる。

萌音の自転車は川沿いの一本道を元来た方向へ走り出していたが、一旦止まってこちらへ振り向いた。

「言い忘れた！　あけましておめでと！　今年もよろしく！」

私は片手を挙げて応えた。凧は冬空へ伸びて、ぴんと張った糸はまだまだ遠くへ飛ばせそうな気配を見せているが、あえて目視できる距離に留める。近くで風に泳ぐ様を眺め続けたい。角凧に描かれた歌舞伎の助六（すけろく）が、薄黄色の朝陽を浴びて、私ににらみをきかせている。

解　説

内　藤　麻　里　子

いやはや奇天烈な主人公である。彼女が繰り広げる一風変わった日々は、そこはかとなくおかしい。ところが楽しく笑いながら読み終わって、卒然と気づいた。これは赦し、あるいは寛容の物語であると。生きることを全肯定してくれて、前を向いているさわやかさが心に残っていた。

片井海松子は大学生になると実家から追い出され、一人暮らしをすることになった。この海松子、恋愛にもおしゃれにも関心がない。服は売れ残りの福袋を買って、順繰りに着まわす始末。かといって映画や読書が好きなわけでもない。趣味は枝毛切りと凧揚げとくる。「周りに流されず、一本筋が通ったよう」と評されるが、誘われれば飲みに行くことも辞さず、コミュニケーションへの意識は高い。なにせ話を広げるツールにしようと、口臭からその人が食べた学食のメニューを嗅ぎあてる特訓をしたほどだ。そう、海松子は相当な変わり者なのである。変わり者として我が道を行く。

この主人公像は、綿矢りさ作品の中で画期的である。二〇〇一年、『インストール』

で文藝賞を受賞して高校生でデビュー。それ以降『蹴りたい背中』（〇四年・芥川賞）、『かわいそうだね？』（一二年・大江健三郎賞）など、他人との関係に困難を抱える女性たちの姿を繊細に描いてきた。ところが海松子は幕開け早々、「周りの人間がよく口にする将来の不安や対人関係の心配は自分には無い」と言っているのだ。我が道を、自信をもって歩んでいる。こんな主人公は見たことがなかった。実は『オーラの発表会』の単行本が出たのは二〇二一年である。この年は、デビュー二十年に当たる。そういう年に放った、記念すべき新機軸と言える。

ものを書くということは、自分が抱える問題や疑問、不条理などを昇華する効用を持っている。作家にインタビューなどを通して取材していると、そういう話になることがある。もちろん昇華と言ってもきれいさっぱり問題が解決するわけではなく、整理されるとでも言おうか。問題や不条理は相変わらずあるのだが、ずっと客体化できるようになるとか、少し自分が先に行って眺める余裕ができる感じだろうか。

ここで少し話は飛ぶが、二〇〇八年は『源氏物語』が誕生して千年と言われ、さまざまなメディアで記念企画が用意された。その中で『毎日新聞』が行った「源氏物語千年紀」の、瀬戸内寂聴と綿矢りさの対談に陪席したことがある。対談を終え雑談していると、瀬戸内が綿矢に「わかるわ。あなたには書かざるを得ない暗い洞があるのね」という意味のことを語りかけていた記憶がある。表現者の多くはそうしたものを抱えているだろう。もちろん瀬戸内も例外ではないはずだ。綿矢のそれがどんな「暗い洞」なのかはわからないが、二十年書くことによって何かが昇華されていったのだとしたら……と、『オーラの発表会』を読んでよけいな気をまわした。浅学非才の身でこんなことを言うのは僭越だが、それが小説を書く功徳ではないかと感慨深く受け止めた次第である。

話を元に戻そう。

『オーラの発表会』はそんな海松子のキャンパスライフと、恋愛模様が描かれていく。彼女を軸に、おしゃれの目標と定めた人物を完璧にコピーする特殊能力を持つ友人の祝井萌音と、二人の恋人候補が絡んでくる。一人は大学教授である父の元教え子、諏訪蓮吾、もう一人は幼馴染、森田奏樹だ。萌音は高校時代の同級生で、なんとその頃は海松子を完コピしていた。つまり、当時の海松子はおしゃれだったのだ。しかし今はその面影もない。この理由も後々明らかになって納得の展開になるのだが、ともあれ海松子に対する興味を失った萌音とは大学入学後、疎遠になる。しかし、完コピの性癖がバレ、仲間から疎まれると再び海松子にまとわりつく。この萌音が狂言回しとしていい働きをするのだが、それはここでは置いておく。とにかく周囲は完コピをバカにしてくるものの、海松子はその能力を高く評価し続ける。

そもそも海松子は〝脳内あだ名〟で萌音を「まね師」と呼んでいたが、これはあなどっているからでなく、単なる特徴を表しているだけなのだ。諏訪は、一瞬嗅いだプリングルズのサワークリーム&オニオン味の匂いから「サワクリ兄」、奏樹は親の職業から「七光殿」である。これはこれで面白い海松子の見方であるが、笑ってばかりもいられない。ある一面しか切り取っておらず、そこから一歩も進まないことに、すわり心地の悪さも覚える。この心地悪さの先に及ぶ筆運びがみごとだ。

　その筆はこんなふうに進む。「あぶらとり神」こと大学のクラスメートに悩みを打ち明けられたり、恋の熟練者であろう諏訪に積極的なアプローチをかけられたりして海松子は混乱に陥る。さすがに若干周囲とのズレを感じ始め、「普通」に悩むことになる。するととんでもない力が発動する。海松子はじめ登場人物たちはカリカチュアライズされているので、この力の発現もむべなるかな、である。そしてタイトルの「オーラの発表会」とはこれであったか、という大団円に向かって驀進する。

　カリカチュアライズはストーリーに推進力を与える。細かく悩ませていたら書きたいことの核心になかなか行きつかない。例えば萌音は完コピが暴かれた後、一瞬、その性癖を持つに至った病理に触れそうになるが、あくまでもそちらでは悩ませない。それゆえに人真似を極めた先にある覚悟や明るさまで描くことができているのだ。やがてドタバタで進行する喜劇の中から、純化されて見えてくるものがある。それは、生きていることの肯定だ。

　本書の冒頭に、こうあるではないか。

「私は生きていて当然の人間なのだと納得してごく普通に過ごしている」

車に轢(ひ)かれるんじゃないか、空から飛行機やヘリコプターが落ちてくるんじゃないか。日々何が起きて死ぬかわからないと怯(おび)えていても、海松子は生きているのである。他の人たちもどんな性癖があっても、どんな困難にぶち当たっても、生きていて当然の人間なのだと納得してごく普通に過ごしているのだ。そうすることが赦されているのだ。終幕に登場する奏樹の言葉もこれに呼応する。

「（前略）生き物は生きてること自体が不思議である種の特殊能力なんだから、（中略）生命の光が身体の内側に灯り続けていることぐらい、不思議で奇跡的な出来事は無いんだからね」

　この物語は、生きることを祝福してくれているかのようだ。

　そして海松子は恋愛にも決着をつける。一人で足る海松子だが、最終的に一人の手をとることになる。本書の単行本が刊行された二一年は、新型コロナウイルス感染症による緊急事態宣言の発出や、まん延防止等重点措置の実施が続いていた。そんな中でこの終幕は、一人で生きることもいいけれど、だれかと生きていくこともまた楽しいということをそっと差し出してみせてくれた。コロナ禍で家にこもるようになると、誰しも現在の人間関係や生き方に思いを馳(は)せることがあったのではないか。そんな時期でもあり、単行本刊行時、強く印象に残った部分である。

最後に、両親のことと、夏休みの旅行についても言い添えておきたい。こうした青春小説の場合、両親が不在になりがちだが、本作では海松子が海松子たりえた両親のことをきっちり描いて、この主人公像に厚みを与えている。二人とも独特な魅力ある人物だ。また、夏休みの旅行はストーリーの中で一服の清涼剤となっている。南の島の海と風と砂が彩る輝かしい時間や、「どんだけ着飾らせても二日しか保たなくてすぐ素のあんたがなかから出てきちゃうんだね」(by萌音)という海松子の自然体のパワーを端正な筆で満喫できる。たった二百七十ページ足らずの中に、こんなことも含めさまざまな要素を詰め込んでいるにもかかわらず、滑らかに読まされてしまった。

『オーラの発表会』以降の綿矢の執筆活動は目覚ましい。

『嫌いなら呼ぶなよ』(二二年刊)は四つの短編を収め、YouTuberのアンチや、不倫の糾弾会などを題材に、一般的には「悪い」「よくない」と思しきことをした人間心理を、軽やかに書くことによって見せつけてくる。そこに反省はなく、自己肯定しかない明るさに困惑する。こんな綿矢作品は読んだことがない。このうち冒頭の一編「眼帯のミニーマウス」は、『オーラの発表会』のスピンオフなので、機会があれば是非手に取ってみてほしい。主人公には大学のクラスメートの一人を据え、『オーラの発表会』とは一転してメンヘラの病理を描くのだが、私はこれで生きているのだという、心配になるくらい軽い意思をポップにつづる。ここにはその後の海松子の姿がちらりと出てくるのもうれしい。夢に向かって着々と歩んでいるらしい。

『パッキパキ北京』（二三年刊）には、お気楽な駐在員の妻がコロナ禍の北京をガイドするような趣がある。図太く軽やかに北京を遊びまわり、痛快このうえない。この頃の北京の様子も興味深い。だが、生き方が快楽主義すぎて、不安感、違和感が湧くのを禁じ得ない。

この作家はこうして、我々に現代を突きつけているのだなと思う。新たなフェーズに入ったと言っていいだろうか。綿矢りさは高校生でのデビュー、芥川賞最年少受賞が話題となり、大きな脚光を浴びた。しかしいまや、想像の斜め上を行き始めたように思う。いや、これが本質だろうか。いやいや、我々読者の方が勝手な枠で見ていたきらいがあるかもしれない。ともあれ、どんどん自由になっていく作家から目が離せないではないか。

（ないとう・まりこ　文芸評論家）

本書は、二〇二一年八月、集英社より刊行されました。

初出 「すばる」二〇一八年十月号～二〇一九年一月号

綿矢りさの本

意識のリボン

交通事故で身体から意識が抜け出してしまった真彩は……表題作。娘、妻、母、さまざまな女性の人生に寄り添うように心の動きを描き切る8つの物語。

集英社文庫

綿矢りさの本

生のみ生のまま 上・下

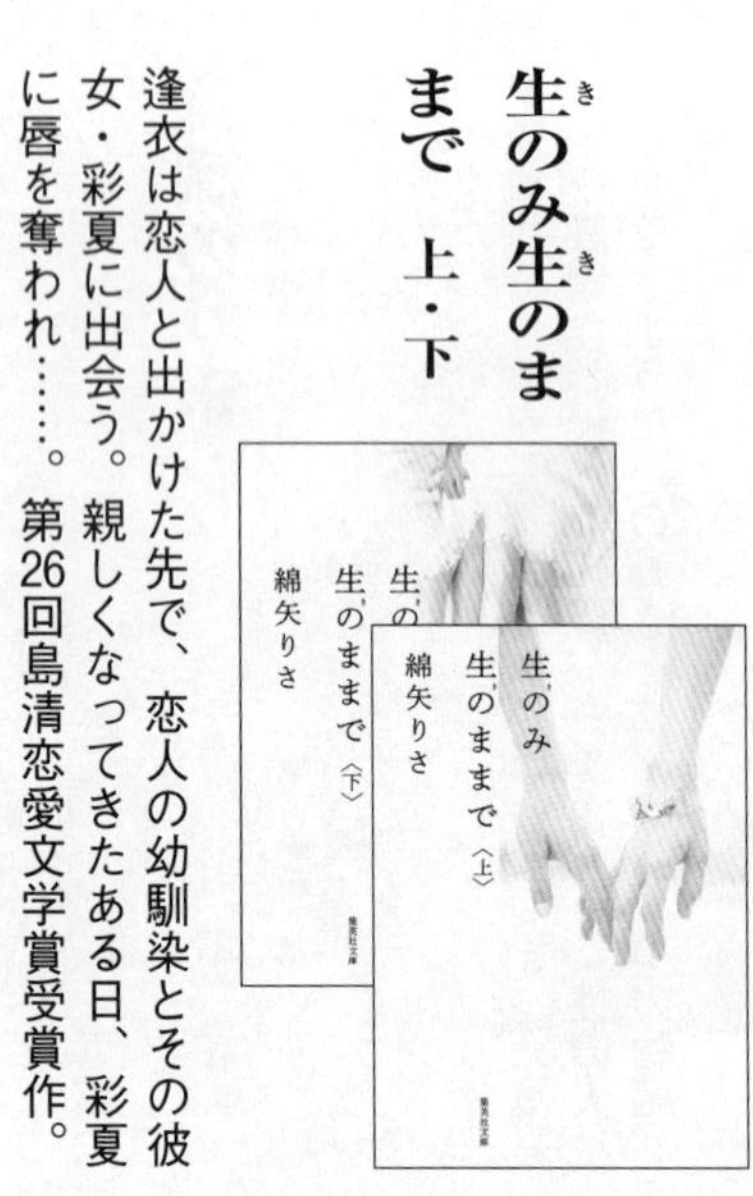

逢衣は恋人と出かけた先で、恋人の幼馴染とその彼女・彩夏に出会う。親しくなってきたある日、彩夏に唇を奪われ……。第26回島清恋愛文学賞受賞作。

集英社文庫

渡辺優	自由なサメと人間たちの夢
渡辺優	アイドル　地下にうごめく星
渡辺優	悪い姉
渡辺雄介	MONSTERZ
渡辺葉	やっぱり、ニューヨーク暮らし。
渡辺葉	ニューヨークの天使たち。
綿矢りさ	意識のリボン
綿矢りさ	生のみ生のままで（上）（下）
綿矢りさ	オーラの発表会
＊	
集英社文庫編集部編	短編復活
集英社文庫編集部編	短編工場
集英社文庫編集部編	おそ松さんノート
集英社文庫編集部編	はちノート―Sports―
集英社文庫編集部編	短編少女
集英社文庫編集部編	短編少年
集英社文庫編集部編	短編学校
集英社文庫編集部編	短編伝説　めぐりあい
集英社文庫編集部編	短編伝説　愛を語れば
集英社文庫編集部編	短編伝説　旅路はるか
集英社文庫編集部編	短編伝説　別れる理由
集英社文庫編集部編	短編アンソロジー　味覚の冒険
集英社文庫編集部編	短編アンソロジー　患者の事情
集英社文庫編集部編	よまにゃノート
集英社文庫編集部編	よまにゃ自由帳
集英社文庫編集部編	短編宇宙
集英社文庫編集部編	STORY MARKET　恋愛小説編
集英社文庫編集部編	よまにゃにちにち帳
集英社文庫編集部編	短編ホテル
集英社文庫編集部編	短編アンソロジー　学校の怪談
集英社文庫編集部編	よまにゃハッピーノート
集英社文庫編集部編	短編宝箱
集英社文庫編集部編	短編旅館
集英社文庫編集部編	北のおくりもの　北海道アンソロジー
青春と読書編集部編	COLORSカラーズ
短編プロジェクト編	非接触の恋愛事情
短編プロジェクト編	僕たちは恋をしない
短編プロジェクト編	恋するヒマワリ　青空と自由の国から、この絵をきみに

集英社文庫

オーラの発表会

2024年6月25日　第1刷　　定価はカバーに表示してあります。

著　者　綿矢りさ
発行者　樋口尚也
発行所　株式会社　集英社
東京都千代田区一ツ橋2-5-10　〒101-8050
電話【編集部】03-3230-6095
【読者係】03-3230-6080
【販売部】03-3230-6393(書店専用)

印　刷　大日本印刷株式会社
製　本　大日本印刷株式会社

フォーマットデザイン　アリヤマデザインストア　　マークデザイン　居山浩二

ISBN978-4-08-744660-9 C0193